LEOPOLDSTAG

Das Werk wurde mit Unterstützung des Bundesministeriums für Unterricht und Kunst, Wien, gedruckt.

1. Auflage

Entwurf des Schutzumschlags: Ingeborg G. Pluhar
Autorenphoto: Klemens-Paul Schindler
Lektor: Elisabeth Ostermann
Technischer Betreuer: Rudolf Metzger
Schrift: Futura, 10 auf 11 Punkt
Satz: RSB Fotosatz Gesellschaft m.b.H., Wien
Druck und Bindearbeit: Wiener Verlag, Himberg
ISBN 3-85447-053-3

Ingeborg G. Pluhar

LEOPOLDSTAG

Verlag Christian Brandstätter · Wien

Eines Nachts, im Sommer, als ich beim Einschlafen noch keine Ahnung hatte, daß ich am nächsten Tag dieses Buch zu schreiben beginnen würde, hatte ich folgenden Traum: Mit einem unbekannten Mann, der vor mir ging, überquerte ich ein Gewässer zu Fuß. Aber als wir daraufstiegen, wurde es zu festem Boden. Aus irgendeinem Grund mußten wir das Tempo beschleunigen. Es hatte sich ein Tier zu uns gesellt, das zwischen uns mitrannte. Plötzlich konnte ich erkennen, daß es im Rückwärtsgang mitlief und mir sein Gesicht zugewandt hielt. Diese großen Augen in einer so kleinen, wie eisgrau wirkenden Gestalt! In der Eile streichelte ich es und merkte, daß das Tier über und über vereist war. Statt eines Maules hatte es einen runden langen Schnabel, den ich anhauchte. Das Eis glitt stückweise ab, dem Tier gelang es, sich aus der Hülle zu befreien. All das, während wir rasch weiterhasteten. Aber immer noch sah es mich flehentlich an. Da versuchte ich, ihm das Schnabel-Maul zu öffnen. Knirschend wie eine Muschel gab es endlich nach und ging auf. Da konnte man sehen, daß das Innere bis zum Rachen hin mit schwerem geballtem Schnee verstopft war. Entsetzt grub ich ins Maul hinein, den Schnee heraus. Endlich waren Gaumen und Rachen frei, das Tier atmete befreit auf, gleichzeitig eine Art Schluchzen. Ich wurde wach; mit vor Angst und Mitgefühl schmerzendem Körper.

Lici als Name war nicht schlecht. Schließlich war man nicht so getauft worden, sondern es war in allmählicher Umschichtung eine kompliziertere Benennung zu einem einfachen Wort geformt worden, das man an der Hand halten konnte, um allen zu sagen: „Ja, wir gehören zusammen!"
Lici hatte in ihrer Freude zu schauen leider doch das Gefühl, umrandet, eingeschränkt zu sein. Kein Mensch, wie man weiß, kann das Auge seitwärts bis nach hinten oder oben wandern lassen; wie an eine Prothese gebunden, wuchs man also schon mit dem Sichthindernis der eigenen Nase, der Backenknochen, Augenhöhlen auf; gepaart mit anderen Begrenzungen, die Lici nicht müde werden konnte zu registrieren.
Sie war sich zum Beispiel deutlich ihrer Hände bewußt. Manchmal hätte sie dieses untersuchende, stark lähmende Gefühl gerne auf andere Gliedmaßen umgepolt, aber keines schien genauso empfänglich zu sein. Bereit, sich beim Handeln beobachten und auskundschaften zu lassen.
Öfters hielt sie ihr Denken zusammengerollt zwischen den Fingern, die Hände verwickelt und irritiert tagelang mitschleppend. Geballt oder ausgespreizt, Hände, die sowohl zum Mißhandeln als auch zu wohltuenden Tätigkeiten fähig schienen.
Und obwohl Licis Beobachtungstrieb nie ganz von ihr selbst abließ, war er auch sonst reichhaltig genug vorhanden, um sich ununterbrochen noch mit anderen Menschen herumzuplagen. Es war eine Plage, unversehens Zeuge eines Gespräches zu werden; am Nebentisch eines Restaurants etwa, im Foyer eines Kinos, Theaters, im Schwimmbad, beim Friseur. Die Partner solcher Redereien sagten nicht nur etwas, das für Lici eine Versuchung war, sie durchschauen zu wollen, es kam auch ihr Äußeres hinzu, das dem Gesagten eine mehr oder weniger gute Stütze war; dazu anspornte, sich diese Menschen in allen möglichen Situationen vorzustellen, ihren Alltag. Ihr Lebensbild wurde hochinteressant, man wußte ja fast schon, wie diese Leute

zu Hause eingerichtet waren, konnte sich die Tapeten im Wohnzimmer vorstellen, und wie sie, die Bewohner, im Alter aussehen würden oder sich als junge Menschen verhalten hatten.

Es gab auch noch diese gewissen Tage, je nachdem, der „Krüppeltag" vielleicht, an dem man, was immer man tat, entstellten Menschen gegenübertrat; und selbst, wenn sich alle Körperteile in Ordnung befanden, war irgend etwas im Gesichtsausdruck, als habe dieser Mensch einen Teil, den besseren oder fröhlicheren, seines Gehirns verloren. Den „Gnomen-" oder „Absurditätentag", eine Anhäufung von lächerlichen Mitmenschen; man konnte sich selbst dabei gar nicht ausnehmen, sah man doch in der Auslage sein eigenes Spiegelbild, dem aus dem Kopf eine riesige Peitschenlampe wuchs. Noch eigenartiger waren an solchen Tagen Szenen, die man zufällig im abgleitenden Blick auffing: wie etwa das Mißverständnis zwischen einer dem mehrmals stehenbleibenden Taxi rhythmisch nachhopsenden Frau und dem Chauffeur, der sich, der Hoffenden nicht bewußt, abwesend nur immer wieder dicht dem zähen Verkehr anzuschließen suchte.

Oder solches, das einem wie auf einer Stegreifbühne kostenlos dargeboten wurde; ein Park, zwei Frauen, ein Mann, ältere, dickere Menschen, strenge Hüte, artige Mäntel, das männliche Wesen in der Mitte eingehängt in zwei Flügelschlägerinnen. Schau dort, der Mann kann an Ort und Stelle gewendet werden, je nach Drehrichtung aber muß eine der Frauen eiliger sein im vorwärtsbögigen Gang, während die „innere" zwei, drei kleinere Schritte rückwärts zu setzen hat. Der Mann darf den Kopf ein wenig drehen, aber nicht viel, der beiderseitige Argwohn könnte übel werden. Studenten sitzen im Gras und zeichnen ein Gebäude ab. In Dreieinigkeit wird das Segel nach links und rechts gewendet, und in disharmonischem Dreiklang klagen Bürger dieser Stadt verkommene Subjekte der Mißachtung des Rasenschildes an.

An solchen Tagen geht gerne jemand vor einem und hat unbeholfen den Henkel eines Täschchens in der Hand, innerlich dem Getragenen so weit entfernt, als dürfe man wie zur Kinderzeit für eine Weile die Tasche der Großen übernehmen.
Oder man weiß, daß jetzt jeden Moment ein Papiersack zerreißen wird und mag sein ein Kilo Kartoffeln auf das Trottoir kollern wird, Milch, Butter, eine Weinflasche; am besten beschleunigen, überholen und beim Vorbeihasten gerade noch einem entgegenkommenden, selig lächelnden, vor Glück zur Dummheit entstelltes Gesicht auszuweichen.
Es gab auch den Tag der spitzen Nasen, den Tag der wirklich Häßlichen, den Tag der entsetzlichen Stimmen, den Tag der Schwangeren, den Tag der Hunde und ihrer Besitzer, den Tag der entstellenden Hüte, den Tag der Schwitzenden . . . aber auch den Tag der reinen Luft, den Tag der schönen Stadt, den Tag der lieben Mitmenschen, den Tag der tiefen Blicke, der frohen Schnellgeher, der wehenden Haare, den Tag der blauen, roten, grünen Farben, den Tag „Schnick-Schnack" . . .
Die vielen Tage, an denen Lici nur froh war dazusein; und besser noch mit kleinem Kummer, wehleidig als gar nicht. Sie war noch nicht alt, und wenn auch manchmal für Wochen Gleichmäßigkeit ihr Uhrwerk war, konnte man doch nie sicher sein, ob sich nicht heute oder morgen schon etwas kehrtwenden würde, für Aufregung sorgen; und sie klatschte an solchen Tagen beinahe in die Hände, weil sie das spürte.
Bei all ihren Betrachtungen hatte Lici aber genug, das ihr an den Mitmenschen unverständlich blieb.
Sie selbst horchte und schaute gerne, manchmal taten sich dabei Schluchten auf, die das einst so helle Gemüt mit ihren Tiefen arg zu entstellen drohten, aber willig im „Akzeptieren von Tatsachen" verstand sie eigentlich meist schnell, sah gewisse Dinge ein; auch wenn es ihr persönlich zum

Erbrechen unangenehm oder kränkend war. Sie hatte nicht das Bedürfnis davonzulaufen, sondern noch genauer hinzusehen, standzuhalten und so lange weiterzuschauen, bis sie fähig war anzunehmen.
Andererseits konnte Lici oft einfache, für sie ganz verständlich klare Dinge von sich geben und wurde von Reaktionen der anderen überrascht, die sie sich nicht erklären konnte. Das heißt, sie fühlte, daß diese Menschen sich vor irgend etwas immer rechtzeitig wegzubiegen versuchten, um abgewendet das Gehörte wieder fortzureden. Das Allereinfachste, die Sache, wie sie eben höchstwahrscheinlich nicht anders war, zu nennen, ängstigte anscheinend. Wollten oder konnten diese Leute nicht auch vom Erschrecken profitieren? Für Lici wäre es einem großen Rückschritt gleichgekommen, die durch ihr oft schwindelerregendes Hinschauen und -hören gewonnenen Hellhörig- und Hellsichtigkeiten in ein dafür ungestörtes, halbblindes Leben zurücktauschen zu müssen. Sie war sich einer leisen Kraft bewußt, die sie durch bloßes Überstehen gewonnen hatte.
Aber was Lici von sich gab, schien ihr selbst nicht im mindesten bedrohlich; meist hatte sie vorerst keine Ahnung, wann sie die gewissen Stellen getroffen hatte und mußte sich dann unerwartet eilige Rückzüge ansehen, die Absprüngen aus fahrenden Zügen, doppelten Saltos rückwärts, Hechtsätzen durch klirrende Scheiben glichen. Manche Reaktionen wirkten auf sie, als würde ihr jemand vorangehen, eine kleine Tür öffnen, sich umdrehen und, Lici mit der einen Hand nach außen abwehrend, rasch von innen zuschließen; man konnte das Drehen des Schlüssels hören.
Es gab einen bestimmten Punkt, an dem man beginnen mußte, vorsichtig zu sein mit den anderen, aber den konnte Lici nicht orten!
Sie war sich nicht ganz sicher, ob sie mit dieser Deutung der auffallend häufigen Stimmungsänderungen zwischen ihr und der Umwelt recht hatte. Vielleicht dachte sie sich

das alles nur als Entschuldigung, um nicht zugeben zu müssen, an diesem oder jenem Tag einfach unsympathisch, vielleicht äußerlich, vielleicht der Laune nach gewesen zu sein; daß sie einen Einwand unachtsam zertreten hatte und nun eindeutig selbst daran schuld war, daß man ringsum allmählich dastand wie mit geschlossenen Augen.
Solange Licis Drang , sich offen auszudrücken, in Grenzen blieb, konnte man an ihr das reinste Vergnügen haben; in Gesellschaft etwa. Schnell hatte sie das Hinkebein dieser oder jener Person erfaßt, konnte Gehemmte, Verkrampfte zu schallendem Lachen bringen und wischte präpotenten Erzählern nach längerem Hinhören unvermutet mit wahren Drahtbürsten über ihre Glanzstellen. Sie gondelte zwischen den Menschen durch, versuchte nicht, sich auf ihrem Platz mit der weiten klaren Aussicht niederzulassen, sondern machte im Gedränge grimassierend mit.
Eigentlich mochte man sie gerne, aber niemand kannte sich so recht aus bei ihr.
Eigentlich mochte sie alle gerne, aber niemanden konnte sie sich als den vorstellen, dem sie sich anvertrauen würde. Es gab nicht dieses „Du", und Lici empfand das in melancholischen Stunden als „Einsamkeit".

Obwohl – da gab es Paul. Der war von einem „Du" schon mindestens das D. Lici hatte lange um ihn gekämpft, dieses Zögern und Zaudern reizten sie; seine nur mehr zerbrechlich und aus seinem Hang zur Gewohnheit bestehende langjährige Verbindung mit einer älteren Frau galt es geduldig bis zum Ende abzuwarten. Und nun war man wirklich zu zweit, die anfangs schöne Zeit des Zueinanderfindens hatte den Alltäglichkeiten viel Raum überlassen.
Lici hatte bereits eine eigene freudig-freundliche Miene, wenn Paul abends heimkam, oder eine frisch-frohe „Heimkehr"-Stimme, wenn sie nach ihm zu Hause anlangte. Sein Gesicht drückte ohne Umwege seine momentane Verfassung aus, man wußte also sogleich, woran man war; so zog

sie sich einmal zurück und konnte das anderemal, sorglos den Sack mit Eingekauftem neben sich gestellt, auf der Couch sitzend ihre Neuigkeiten erzählen, dazugehörige Diagnosen stellen, sogar über den Ausgang einer Geschichte orakeln und weiterplappernd die Sachen schließlich in die Küche tragen. Begleitet von einem freundlichen und abwesenden Schmunzeln Pauls, der unterdessen bestimmt nicht vergessen hatte, auch den Abendnachrichten seine Aufmerksamkeit zu widmen. Aber ein frohes Gesicht von Paul war gleichzeitig die erleichternde Erlaubnis für ein paar Ausrutscher, vor denen man sich bei einer seiner anderen Stimmungen hüten mußte. In Lici löste die Tatsache, daß sie Pauls Gemütsverfassung so stark verspürte, oft Empfindungen aus, deren sie sich schuldig fühlte. Wie konnte man nur einen lieben Menschen am Morgen mit einer solchen Erleichterung verabschieden? Wie konnte man, als erste zu Hause eingetroffen, sinnlos herumhockend, die Schuhe weggeschmissen, im Mantel den Tauben im Hof zusehend, den Blumen die gelben Blätter abzupfend und ihnen nett zuredend, sie gießend, hoffen, daß ein lieber Mensch noch möglichst lange nicht eintreffen und einen nicht hindern möge, ein bißchen länger herumzutrödeln?

Lici wußte, daß es normalerweise in einer Verbindung immer einen gab, der mehr auf den Partner eingehen mußte. Aber es demütigte sie. Lag das daran, daß sie sich nie getraut hatte, dasselbe auch von ihm zu verlangen? Daß sie es nie bekommen hatte? Aber warum auch, da sie doch schon in den ersten Anfängen gerechte Verteilungen verliebt und leichtfertig weggeworfen hatte, aus Freude, überhaupt in die Lage gekommen zu sein, dem geliebten Wesen anzugehören, ganz liebevolle Frau sein zu dürfen.

Sie hatte allerdings mit der Zeit ein Rollenspiel lernen müssen, das sie hinderte, sich wirklich so zu geben, wie sie es Paul gegenüber gerne getan hätte. Sie war eigentlich nie ganz zu dieser Frau in sich durchgedrungen, zu der sie sich fähig hielt. Spontan durfte sie bestimmt nicht sein. Das war das beste und schnellste Mittel, um Paul in einen Stein der Abweisung zu verformen. Ihre Zuneigung konnte sich nur in der Verkleidung von Neckereien oder beifälligem Anhören von Pauls Anschauungen ausdrücken; in möglichst lauschender Haltung, jedoch, ihm war es so lieber, mit einer abwesenden Tätigkeit beschäftigt, vielleicht indem sie den Tisch deckte oder Illustrierte durchblätterte. Oder in Gesellschaft seine Partei ergriff und dadurch ihre Verbundenheit bewies. Bei seinen Plaudereien wurde sie oft für die Angabe von Daten und Namen gebraucht, die sie ihm schon automatisch und ganz nebenbei, wie durch Zufall ihr gerade selber eingefallen, hinreichte. Je mehr sie ihm ihre Zärtlichkeit zeigen wollte, desto kollegialer, schulter- und hinterteilklopfender wurde Paul. Ein Zwicker in die Wange, Nase, ein Zupfen am Ohr und sei so lieb und mach mir doch bitte ...

War Lici aber völlig abwesend, hatte sie ihre Gedanken endlich einmal von dieser anstregend „guten" Verbindung auf andere Dinge verlagert, vielleicht einmal daheim neue Ideen für ihre Arbeit in Angriff genommen und sich in Überlegungen vertieft, oder dachte sie ganz einfach einmal an gar nichts Bestimmtes, wollte nur ihre Ruhe haben – dann wurde Paul ein werbendes Anhängsel, gurrte und scherzte, wollte ihr Gehirn wieder unter seine Schutzherrschaft stellen, mit unbequemen und störenden Fragen oder Erzählungen. Dann wurde aus Paul ein freudiger Liebhaber.

Mit der Zeit hatte Lici also gelernt, dieses Verhalten als Spielregel anzusehen und sich ihrer zu bedienen, um auch die eigenen Zustände halbwegs ausleben zu können. So war sie einmal eine wortkarg-eisige Geheimnisvolle, oder eine Paul an ihrer Seite ganz vergessende, von vormittags erlebten Ereignissen noch Faszinierte, darüber Sinnierende – um dann mit ihm das austauschen zu können, was ihre Körper brauchten. Aber sie mußte sich hüten, dabei allzu liebevoll zu werden, Paul hätte es nicht zurückgeben können, und der Ausgang dieser Verkoppelung wäre ungewiß gewesen. Wenn sie wirklich, was manchmal vorkam, zu bekümmert war und merkte, daß sie gerade dadurch Paul in die rechte Stimmung brachte, hatte sie bald auch hier die Übung erreicht, ihn durch zarte Andeutungen, leise Berührungen, liebe Blicke, erwartungsvolles Anlehnen bald zu sachlicheren Dingen übergehen zu lassen, um nach seinem Abklingen wieder vorsichtig zu sich selbst zurückkehren zu können.

Was in ihr wuchs, war Ablehnung, Zorn diesen lächerlichen Manövern gegenüber. Sicher, nicht immer konnten sich zwei Menschen im selben Waggon zum selben Ziel befinden; aber daß einer dem anderen immer ans andere Ende des fahrenden Zuges nachrennen mußte, um ihn dort endlich zu stellen und geplagt denselben Ausstieg zu finden - das war ihr auf die Dauer nicht nur zu anstrengend, sondern auch unaufrichtig und demütigend. Aber da sie Paul immer noch mochte, dachte sie oft über die Herkunft seines Inszenierungszwanges in ihrer Beziehung nach und konnte sich dadurch vieles erklären; es gelang ihr jedoch nicht, das Gefühl langsamer Versklavung wegzuscheuchen. Wenn sie sich so verhalten mußte, um mit ihm zusammensein zu können – welcher Mensch würde in zwanzig Jahren aus ihr geworden sein?

Eigentlich war Paul gegenüber anderen Leuten stolz auf sie. Er behandelte sie in Gesellschaft gerne ein wenig abwertend, machte es aber immer wieder allerseits mit Erwähnungen seiner Zufriedenheit über ihrer beider Verbindung gut: Eigenartigerweise war er es aber, der Lici zu einer eigenen Steuernummer überredete und dabei ein wenig mit dem scherzhaften Einwand einer möglicherweise baldigen Trennung nachhalf.

Gedanken an ihren Beruf erzeugten in Lici immer wieder Frohsinn. Es hatte lange Zeit gedauert, bis sie mit ihren verschiedenen Begabungen alle Kämpfe ausgefochten hatte, um schließlich die am wenigsten glorreiche zum Bestreiten ihres Lebens zu wählen. Sie hatte viele Jahre gehofft, für einen künstlerischen Durchbruch gut genug zu sein; nur mitzurennen und nette Sachen zu machen, wäre ihr zu wenig gewesen. Aber erstens war es in all der Zeit nie zu mehr als zu kleinen Strohfeuern gekommen; das waren keine Waldbrände, die alles, was da vorher geblüht hatte, überwälzt und schwarzstoppelig zurückgelassen hätten; was mit der Zeit für Lici zur Bestätigung ihrer unüberwindbaren Mittelmäßigkeit wurde. Und zweitens hatte sie bei alternden Künstlerinnen, wie sie sie früher auf Versammlungen getroffen hatte und heute noch kannte, den ihr eigenen Humor verloren, sogar jede Toleranz, wenn sie sich die armseligen Ergebnisse dieser manchmal aufopfernd verbrachten Leben ansah. Sie war so oft verbittert geworden, wenn sie die Petitionen, Dank- und Rundschreiben der bildenden Künstlerinnen anhören, durchlesen oder unterschreiben sollte. Nichts wie Empörung hätte sie mit einem Einwand ausgelöst. Wäre nur zur Verräterin aus den eigenen Reihen geworden. Es wäre ein entsetzlicher Versuch gewesen, die Qualität der Arbeiten aller Anwesenden anzuzweifeln, darin den Grund für deren und ihr eigenes Unbeachtetbleiben zu sehen! Ein paar Einwände Licis waren ohnehin mißtrauisch entgegengenommen worden; man hatte sich in dieser Gruppe schon so ideal auf Kampfesgeist, gepaart mit unerschütterlichem Raunzen, eingependelt. Wenn sie einmal doch widersprach, hatte es für die anderen stets etwas Drohendes an sich gehabt. Man konnte förmlich fühlen, daß ihre Auslegungen die erlittenen Ungerechtigkeiten von „künstlerischen Frauen" in Gefahr brachten. Lici hätte, so vermutete man anscheinend, fertiggebracht, alles umzustürzen, eine große Anzahl der Mitglieder zum Neubeginn anzustiften, womöglich zu einem in enger und allerfreundlichster Zusammenarbeit mit „künstlerischen Männern"! Lici konnte nach einigen Sätzen schon

Brust-Fronten und das Aufblitzen von Blick-Dolchen erkennen und ließ es daher meist bleiben, ihre Bedenken auszusprechen. Diese künstlerische weibliche Einheit lebte aber eben doch von der Zahl ihrer Mitglieder: daher wurde keinem etwas so gesagt, daß dieser hätte stumm den Raum verlassen können, sondern irgendeine hatte sogar Verständnis, und alle anderen konnten tadellos in die verschiedenen Aufführungen solcher Auseinandersetzungen einspringen. Und hatte man sich kurze Zeit erleichtert schon als Zuschauer gefühlt, war man mit viel Anteilnahme schnell wieder auf die Bühne gehoben worden. Nur einmal wurde Lici ernstlich angefaucht: „Wenn du da bist, hat man das Gefühl, es zieht!" Und das faßte sie eher als Kompliment auf.

Aber diese Zeiten waren vorbei, und Lici hatte ihren Beruf gefunden. Schon am frühen Morgen konnte man sie manchmal ein Lachen unterdrücken oder tatsächlich, gegen Auslagen gewendet, loskichern sehen. Ein andermal war der Ausdruck ihres Gesichts eher nachdenklich, beobachtend, als suche sie etwas, das wie ein Geldstück deutlich auf der Straße liegen müsse. Lici hatte es gern, wenn Ideen von ihr verlangt wurden, und wenn ihr nichts einfiel, dann schaute sie eben sehr gründlich um sich, denn daß es für manches überhaupt keine Lösung geben könne, hielt sie für ausgeschlossen. Wenn sie um die Ecke bog und das Portal ihrer Wirkungsstätte sah, hatte sie meistens die Katze schon im Sack; brauchte ihn nur mehr dort drinnen abzustellen und mit dem Tierchen ein paar Stunden zu spielen.

Es gab kleinere und größere Brocken; die Leute, die sich mit ihr zusammen in diesen Räumen aufhielten, waren als Gruppe immer in der Verfassung, in der das jeweilige Projekt sich befand. Manches war in wenigen Stunden gemacht, anderes in Tagen und wieder anderes schwer wie Steine, die man nur ab und zu mit „Ho-ruck" ein Stück weiterschob. Bei solchen Arbeiten war eine Verkrampfung

aller damit befaßten Kollegen zu spüren, da für die Firma oft ein lukrativer Dauerauftrag damit verbunden war.
Dann gab es noch die Tage der „Präsentationen“; mit heruntergekommenen Nerven durfte Lici da miterleben, wie Herr Schafter, alle durften ihren Chef aber Kurt (Kurt Hellmuth) nennen, Firmenoberhäuptern die Schatulle öffnete, in der es nach Meinung Licis nur so funkelte vor Einfällen, geschliffenen, naturbelassenen, eingefaßten, aneinandergereihten, und alle von besonderer Qualität. Als könne man die Gedanken der Herren zu positiver Entschlußkraft umwandeln, beobachtete sie Lici immer ganz genau und war, trotz Hantierens mit dem Projektor, Einlegen des Videobandes, unterstützendem Erläutern, wenn Kurt der Faden auszugehen schien, und Bereithalten der entsprechenden Unterlagen, nicht selten über die stumpfsinnigen Gesichtsausdrücke verzweifelt.
Was stellten sich diese dunklen Anzüge eigentlich vor? Hatte heute der eine ganz links zum Beispiel eine Ahnung, daß das eben von Kurt gezeigte Etikett vierzehn Tage lang erarbeitet worden war? Seine ovale, blaßrosa Form stellte die Innenseite einer Handfläche dar. Darauf stand in exquisiter, elegant-brauner Schrift (wie lange war allein der Schriftzug durchdiskutiert und mehrmals verändert worden!) das simple Wort: handfest. Also – was konnte man da noch Besseres erfinden? Für dieses Produkt? Und was machte dieser linke Herr, bitte? Er verzerrte sein Gesicht zur bewegungslosen Fotografie eines Kleinkindes, das zum Schreien ansetzt, und drehte es abwehrend wiederholt von links nach rechts. Dabei dieser lange Weg bis zu „handfest“! Lici war bestimmt viele Male irgendwo anwesend gewesen und doch wieder nicht, weil sie zufällig jemanden mit einer Tasche gesehen hatte und sogleich an dem Wort weiterzufeilen begann, das man einem solchen Gegenstand zuordnen, einimpfen könnte. Sie wußte auch, wie diese Taschen aussahen, die man an ihrer Arbeitsstelle aufzuwerten versuchte, und kam so nach langen Umwegen

über handlich, handgerecht, handsam, hand-in, hand-out and in, handy, Fingerfreund, Handfreund, Kumpan, Twin, ein Fest für beide (Hand und Tasche), Hand-Fest, einiges fiel ihr jetzt im nachhinein gar nicht mehr ein, endlich zu „handfest". Ein langer Prozeß für einen Bruchteil der mühevoll zu einem sich verzahnenden Ganzen geformten Ideen-Menge.

Und derartige Reaktionen mußte man sich also lächelnd, unbeirrt weiterwerkend, bieten lassen!

In alledem beschloß Lici heute nun doch dem Blick nachzugehen, den sie schon zu Beginn der Darbietung auf sich herumwandern gespürt hatte. Kurt war aber gerade bei der Erklärung eines Verpackungsprogrammes angelangt, das hauptsächlich aus Licis Einfällen bestand, und hatte plötzlich das halb väterliche Bedürfnis, ihr ein Gefühl des Eigenwertes zu vermitteln; er bat sie, doch selbst ihre Vorschläge zu erläutern. Lici fand das ein wenig hinterhältig von ihm, es war nicht abgesprochen gewesen. Sie erinnerte sich an das Gefühl, als man sie, die nicht schwimmen konnte, ins tiefe Wasser gestoßen und sie nur mit Not das Ufer erreicht hatte; von den mitleidlosen Kindern verlacht.

Die damalige und jetzige Angst waren einander sehr ähnlich; keiner der Herren bemerkte wahrscheinlich die Überwindung, mit der sie den lockeren, beinahe charmanten Tonfall aus sich herausbrachte; die Erklärungen selbst mußte sie wohl etwas dezenter übermitteln, als sie es Kollegen gegenüber in eindeutiger Überzeugtheit getan hätte. Man konnte schlecht diese Menschen anbrüllen, ihre Einwände kurz mit der Bemerkung: „Was verstehen denn Sie, guter Mann!" abtun. Lici brachte für sie selbst erstaunlich liebenswürdiges Einsehen auf Einwände zustande, gepaart mit feinfühligem Rückführen auf die Unaustauschbarkeit ihrer Einfälle aus diesen und jenen Gründen. Ihre Freundin hatte ihr einmal den bekannten „Aha"-Effekt erklärt, der dieser wiederum zur Anregung des Lerneifers ihrer Tochter empfohlen worden war. Bei einem Kind solle

man nie im Erklären so weit gehen, daß die Lösung schließlich in all ihre Teile zerlegt dargeboten sei. Man solle nur am Anfang die Sache methodisch zu entwirren beginnen, bis das ungeduldige Kind, das nun versteht, alles eigenmächtig in die Hand nehmen will. Ähnlich pädagogisch kam sich nun Lici vor, sie war sogar erstaunt, wie raffiniert sie dabei vorging und die Erwachsenen so zu behandeln versuchte, als müßten diese sogleich, weil sie nicht mehr anders konnten, der Reihe nach aufspringen und ihrem Programm als einzig richtigem zustimmen.
Nur ein Gesicht schien dort drüben heller zu sein als die anderen. Und immer wenn sich ihre Blicke trafen, spürte Lici, daß diese Person ihr gar nicht gut zuhörte, sondern sich ganz eigene Gedanken machte, die so stark zu strahlen schienen, daß ihr bei Streifblicken kleine Sprechstörungen unterliefen. Und dieser Mensch reagierte darauf sogar noch mit erheitertem Auflachen. Lici wollte ihre Fehler nur nicht wiederholen; schon war der nächste da. Ihre Sätze wären beinahe in ein Gestotter übergegangen, wenn Kurt nicht missionarisch die Hände hebend nun ruhig und stark gesagt hätte: „Meine Herren, auch wer bis jetzt noch nicht von unserem Programm zumindest eingenommen ist, wird zur Stärkung an das Buffet gebeten. Ich glaube, nach einer kleinen Pause können wir die Sache besser weiterbearbeiten."
Lici ging telefonieren. Sie war aufgebracht und nervös, wählte Pauls Nummer, mußte sich von der Sekretärin sagen lassen, daß er heute noch nicht erschienen sei; ob sie denn nicht wisse, daß er eine Sitzung in Vöcklabruck habe? Aber natürlich hatte er kurz etwas gesagt, diese männerjagende Person würde sicher frohlocken, daß man bei Paul daheim nicht miteinander sprach! Sie wählte die Nummer ihrer Mutter, hörte sich mit großer Beherrschtheit deren Migränebericht an; gefolgt von der Aufforderung zuzugeben, daß sie sich selbst auch nicht ganz wohl fühle, das könne man ja schon der Art und Weise anmerken, wie sie „kurz

angebunden" sei. Danach klopfte zuerst Herr Kranz, und, unduldsam weggescheucht, bald Kurt persönlich an die Telefontüre; Verwunderung und Ärgerlichkeit über ihr sonderbares Verhalten im Blick; wo ihr doch bewußt sein mußte, worum es ging, und daß auch Pausen in diesem Falle Geld bedeuteten. Ihm ihre breitgemachten Schultern zugewandt, kam sie zur letzten Ziffer der sechs, die Irmgards Telefon zum Läuten brachten. Sie war da, hob ab, hatte wie stets eine freundliche Stimme, erriet an Licis Begrüßung eine kleine Gleichgewichtsstörung, wie sie immer alles merkte, und fragte danach. Lici war erstaunt, zugleich wuchs ihr Ärger über die Ohnmacht, nicht definieren zu können, was sie störte, oder einen handfesten (ach, dieses Wort!) Grund für ihren Anruf zu geben. Also lachte sie nur spaßig ins Telefon und gab ihren Unmut als kurze Entspannung in der Pause der wichtigen Präsentation, Irmi wisse doch davon, aus. Da diese Auskunft nicht sehr satt wirkte, nach mehr verlangte, schilderte Lici den bisherigen Ablauf als recht gut, Hoffnung für nachher sei berechtigt, die Leute alle zusammen sehr aufgeschlossen, nichts Besonderes eigentlich. Steine seien jetzt von ihr abgefallen, da die Arbeit getan sei und alles Weitere nur mehr hauptsächlich bei Kurt liege. Der Lisa ginge es gut? Einen Freund? Na bitte, in dem Alter wäre das doch heutzutage längst üblich! Eben! Schon merkwürdig, wie die Zeit . . . also dann bis morgen! Aus.

Man hatte sich bereits angegessen, angetrunken, wie sich aus den in Bündel zusammengesteckten und beim Nähertreten auseinanderfahrenden, lachenden roten Gesichtern erkennen ließ; wischte mit Servietten Finger und Münder ab, warf sie in die Teller; zog Zigaretten heraus. Unter all der beruflichen Belastung, Belästigung schnell auch noch Mensch sein zu dürfen . . . Kurt warf Lici einen Blick zu, der als Schwamm viele Küchen von allen Flecken gereinigt hätte. Die Absolution. Herr Kranz war auch erleichtert, er schob noch zwei Brötchen in den Mund.

Lici fühlte diese seltsame Orientierungslosigkeit überwunden, war wieder wach und munter. Sie lief den anderen ein wenig voraus hin zum Vortragsraum, stand überleitend im Türrahmen, sah ihr Ankurbeln als verfrüht ein, ging wieder ein paar Schritte zurück, lächelte dem obersten Taschenchef verbindlich zu. Sie wich seinem am frohgeschwungenen Lippenöffnen leicht erkennbaren Ansatz zu einem galanten Kompliment in das Angebot der zur Unkenntlichkeit herausgeputzten Bedienerin Herma aus, doch noch eines der letzten Brötchen vom Tablett zu nehmen. Und landete schicksalshaft ergeben und der Windungen müde vor zwei Männern, die, ihr Gespräch abbrechend, ihr entgegensahen. Der eine unbeteiligt, er war vom eben Gesagten noch nicht gelöst; der andere ihr schon erwartungsvoll ein Glas entgegenhaltend; er gab es ihr nicht gleich, zog es mehr an sich, um damit auch sie näherzubringen, und sah ihr geradewegs in die Augen, als wären sie für ihn bereits alte Bekannte, die er nun nur noch nach einem geplatzten Äderchen absuchte. Auch Lici hatte das Gefühl, die seinen schon ewig zu kennen.
Konnte diese Persiflage des Sichverliebens tatsächlich auch in Wirklichkeit stattfinden?
Sie betrachtete jetzt den Menschen genauer, der, wußte sie plötzlich, für lange Zeit mit keinem Mittel der Welt aus ihrem Leben, ihren Gedanken zu entfernen sein würde. Und dem sie sich überrumpelt, ohne Warnung und Möglichkeit zur Flucht, schon nach wenigen Worten zugehörig fühlte. Die Zeit bis zum Ende der Präsentation verbrachte sie dann in Erschöpfung; nur mechanisch kam sie ihren Einsätzen nach, der Anblick des Stapels von Anschauungsmaterial, ihr früheres Wohlwollen über solches Ausgerüstetsein, mit der zufriedenen Miene einer Hausfrau, die in ihre angefüllte Vorratskammer sah – wo war das geblieben? Was tat sie hier eigentlich?
Kurt war am Ende zufrieden: keine endgültigen Entscheidungen zwar, aber die Dinge standen gut. Was hatte sie

noch damit zu tun? Sie beeilte sich, nach Hause zu kommen. Sie würde für sie beide, für Paul und für sich, für diesen lieben guten, lieben und . . . für diesen wunderbaren Paul, zu dem sie gehörte, für immer gehören würde, und für sich etwas Gutes kochen!
Jedoch Pauls mißglücktes Vöcklabruck beherrschte den Abend. Als Lici zu Hause ankam, war er so in Gedanken und derart grüblerisch in das Teppichmuster vertieft, bereits umgezogen und im kurzärmeligen Hemd, die Hände als Fäuste in den Hosentaschen, daß er nicht in der Lage war, ihr Grüßen und abwartendes Herumstehen in sein Bewußtsein einzulassen. Mit Lici als Zuschauerin ging er die paar Meter bis zur Balkontüre, sah auf und hinaus, senkte den schweren Kopf mit dem halben Rücken, um seine Pantoffelspitzen zu betrachten, warf sich, Bauch heraus, wieder in gerade Haltung, machte in fast tänzerisch choreographiertem Schrittplan eine Umdrehung in die entgegengesetzte Richtung, ging auf die Schlafzimmertüre zu. Die Stirn gegen den Rahmen gelehnt, sah er durch den verschlossenen Eingang dorthin, wo wahrscheinlich das Doppelbett stand. Lici hatte sich inzwischen auf das kleine Tischchen gesetzt, aber da sie nur Augen für ihn hatte, zugleich auch auf den kleinen Aschenbecher mit dem dunkelroten Muster. Rechtzeitig aufgesprungen, hatte ihr Gewicht den Tisch nur gefährlich steil gekippt, er fand sich und fiel polternd wieder herab; der Aschenbecher hatte zusammen mit Licis Fingerfertigkeit, ihn vor dem Abrutschen zu bewahren, einen Salto zustandegebracht, wurde wie ein entfliehender Vogel noch einige Male im freien Flug wiederergriffen und dann strafend deutlich auf seinen Platz zurückgestellt. Lici heischte nach einer der üblichen Augenverdrehungen Pauls, sah aber nun, daß es wirklich nicht gut um ihn zu stehen schien; so wie er unberührt dastand und nicht von dieser akrobatischen Vorführung, nicht einmal von Licis kleinen spitzen Schreien, irritiert worden war. Jetzt hatte sie ihn vor sich, den Menschen,

dem sie noch vor wenigen Minuten versucht gewesen war, sich an den Hals, an die Brust, wäre er gesessen, sogar über die Knie zu werfen und um gute Worte, eine vertraute Geste zu bitten, ihm im Einklang mit seinen fragenden Augen von ihren unsinnigen Gefühlsturbulenzen zu erzählen, sich beschwichtigen zu lassen und in seinen Sätzen so viel Verständnis zu finden, daß ihr alles andere als kläglicher Irrtum erschienen wäre.

So aber ließ sie ihn im Zimmer stehen, begann ein Abendessen zuzubereiten. Für zwei Personen eigentlich etwas zu aufwendig, aber einer Stimmung nachgebend, als hätten sie einen sehr lieben Dritten zu Gast. Unwillkürlich bekamen ihre Bewegungen runderen Ablauf, hatte selbst das Zwiebelhacken etwas Anmutiges; erstaunlich auch, wie lange Petersilie nicht mehr so gut gerochen hatte. Bei all diesen Regungen hatte Lici ein kleines „Nicht wahr?“ im Sinne, als stünde jemand in der Nähe, der ihre Verfeinerungen zu schätzen, mitzuempfinden wüßte.

Paul riß die Türe auf. Das gequälte Gesicht eines Einsamen durchgesteckt, ließ er ahnen, daß die so alltägliche Betätigung des Kochens der Zustimmung zu seiner Vernichtung gleichkam. Den Körper zur Hälfte und kalt in die Küche gestellt, beobachtete er gnadenlos unbeteiligt jeden ihrer Handgriffe, und schon hatte Lici ihr Kochprogramm wieder auf Einfachheit zurückentschieden; was noch zu retten war, um „gewöhnlich“ verspeist zu werden, wurde abgeschaltet, in Schüsseln geleert, auf den Tisch gestellt; dieser noch schnell gedeckt. Paul wurde aufgefordert, sich endlich hinzusetzen und, obwohl sie sich vorstellen könne, daß heute etwas Wichtiges nicht zustandegekommen sei, doch Genaueres zu erzählen.

Es war nicht neu, daß Paul manchmal lange im Essen stocherte, kaute, die Kiefer mahlte, eine Weinflasche zur Prüfung des Inhaltes nach vielen Richtungen oder gegen alle verfügbaren Lichtquellen drehte und so, vielleicht auch noch schwerfällig Salz und Pfeffer herbeischaffend, langsam die ersten wohlüberlegten Worte von sich gab. Lici wurde von ihrer Ungeduld überrumpelt, die sie keine zwei Sekunden lang wenigstens den Ansatz seiner Einleitung abwarten und ihn schnell hinhackend wissen ließ, daß auch sie einen harten Tag hinter sich habe, daß sie eine Abendvorstellung seinerseits heute nicht interessiere und ab jetzt nie mehr. Daß sie von ihm schließlich auch nie entsprechendes Entgegenkommen erwarten durfte. Bevor man nicht fast krepiere, sei man sowieso nur mehr oder weniger selbstverständlich wie die Zeitung! Was kam denn da aus ihr heraus? Da sie nun bereits einen Pakt, ihr „Stillschweige-Abkommen", übertreten hatte, hielt sie nichts mehr zurückgedrängt, was ihr in den Sinn kam. Und das war plötzlich so viel, daß sie fast einen Zopf flocht mit all den verschiedenen Dingen, die ihr gleichzeitig einfielen; immer noch legte sie Strähne auf Strähne dazu. Wer wußte, was sich Paul davon merken würde oder verstehen – aber da bestand nicht viel Gefahr, Lici konnte schon während ihres Ausbruches erkennen, daß alles, was sie in ihm aufzurütteln versuchte, höchstens zur Beleidigung letzten Grades wurde, verursacht durch eine verrückt gewordene hysterische Hyäne, die ihm heute abend zu allem übrigen Unglück noch zufügte, was man nicht mehr nur eine zermürbende Draufgabe nennen konnte. Was war man? Ein armer verlassener Paul.

Irmgard hielt, sie hatte sicher wieder die Brille vergessen, die Zeitung sehr nahe an die Augen, las gierig und schnell noch einige Zeilen, wobei sie zur zusätzlichen Beeilung noch rasch das Blatt von rechts nach links und zurück schob. Sie hatte Licis Näherkommen längst registriert und bemühte sich umso mehr, eine gewisse Strecke des Textes abzuschließen. Was konnte Irmi so fesseln, handelte es sich um eine Katastrophe? Eher nicht, sie ließ jetzt die Zeitung sinken, legte zwar sicherheitshalber den linken Zeigefinger noch aufs letzte Wort und sah freundlich auf. Sie mußte ihre

Sehspanne ein wenig umstellen, blinzelte, wie aus dem Dunkel ans Licht getreten. Irmi hatte zur Mittagszeit noch eine gepolsterte Sitzecke ergattert, war daher sicher, auch wie immer, zu früh gewesen. Lici ließ sich erleichtert ihr gegenüber in die weiche Nische fallen. Zwei Kaffee und dazu Würstchen mit Senf, der Ober hatte sich daran längst gewöhnt. Irmgard, als wüßte sie plötzlich, woher ihr Unbehagen kam, bemerkte ihren gefeilten Nagel noch immer auf das eine Wort hingezielt und legte die Zeitung beiseite. „Eine Frau ging aus", sagte sie, „vergaß auf alles, kehrte, tageland ins Vergnügen gestürzt, nicht zurück, und Nachbarn retteten die kleinen Kinder vor dem Hungertod."
Über dem frisch servierten Kaffee beider Kopfschütteln und beider schnelles Vergessen dieses Alltagsdramas. Von eigenen Sorgen erzählte Irmi nie, hatte vielleicht keine. Sie konnte Begebenheiten aus ihrem Leben so neutral berichten, daß man sich allerdings gut Sorgen vorstellen konnte, die man an ihrer Stelle dabei empfunden hätte. Konnte sein, daß, je trockener sie ein Ereignis schilderte, sie umso heikler von der Sache betroffen war. Es war besser, bei ihr nicht nachzuforschen, manchmal kleidete sie ihre Gedanken spürbar in Rufe, da war sie dann für Ausführlicheres bereit. Sie und ich, wir kennen einander in- und auswendig, dachte Lici. Das war sie, die echte Freundschaft.
Irmi bemerkte schnell eine leichte Veränderung an ihrer Freundin, sie wirkte weicher und sanfter, fast mütterlich; war sie schwanger? Aber schon nach Licis ersten Worten war das sehr unwahrscheinlich, es klang alles zu sehr in ihr gewohntes Leben verstrickt. Noch einmal die Geschichte von gestern, eine flüchtige Erwähnung von einem, wie bitte? ach so, „dunkeläugigen" Menschen, der eigenartig lustige Gesichtsausdrücke annehmen konnte. Nein, ein alter Bekannter war es nicht, nur so ein Firmenmensch, ein Besteller, Abnehmer, Käufer – nichts Besonderes. Nein, so einer, über den man sich gemeinsam im nachhinein amüsieren könne, auch nicht. Lici wüßte nicht, warum sie ihn

überhaupt erwähnt habe . . . Irmgard wurde etwas gelangweilt von diesen Vorwärts-und-rückwärts-Schilderungen eines anscheinend Bedeutungslosen, Lici schien heute nicht gerade einen sehr guten Tag zu haben. Also begann sie selbst etwas zu erzählen, am besten geeignet waren doch meistens ihre Situationen mit Lisa, dafür hatte Lici viel Verständnis, sie vertrug sich gut mit ihr. Lisa und Lici hatten erst kürzlich zusammen ein Tonband aufgenommen, sie nannten es „spontanes Singen". Über einfache Lautabstufungen, Girren und Gurgeln waren sie schließlich im Singsang zu Worten, Sätzen, Reimen, ganzen Passagen über Leben und Tod, Welt, Religion und sogar zum Papst gekommen, wobei Lici der Jüngeren in der Themenauswahl den Vortritt gelassen hatte, sie nur mit Geräuschen bei ihren vor Emotionen berstenden Ausrufen und Ablehnungen begleitete. Das letzte Lied, das noch immer einen von Lisa dirigierten Untergang des Papsttumes herbeibeschwor, hatte man dann, lautstark und mehrstrophig in verteilten Stimmlagen, unterbrochen von unhaltbaren Lachkrämpfen, mit immer neuen Einfällen in den mit einem Klick aufhörenden Bandabschluß versickern lassen müssen. Irmi, die, sich leise mitvergnügend, diese Toneskapaden angehört und überrascht die verschiedenen Ausdrucksbedürfnisse ihrer Tochter vom Nebenzimmer aus bemerkt hatte, erinnerte Lici nun daran. Die lachte lauthals auf, froh über die Wirklichkeit dieser Vergangenheit; dieses Tonband war wie ein gutes Stück Boden, es war nicht wegzuwischen und kein Irrtum. Woher kam plötzlich ihr Bedürfnis, sich zum Beispiel alte Fotos anzusehen? Sich an den Urlaub in Griechenland zu erinnern, an Amerika, alle Reisen mit oder ohne Irmi nochmals in Erinnerung zu rufen? Eine Lawine war ins Rollen gekommen, Lici war nicht mehr zu halten. Angefangen von den fröhlichen Festen auf Pauls altem Bauernhof, über alle noch so kleinen Details der Vergangenheit gab Lici Anekdoten von sich, die Irmgard weder hätte widerlegen noch bestätigen können, da sie sich an vieles einfach nicht mehr erinnerte oder dabei nicht mitgemacht hatte: aber es erheiterte sie ungemein, ob falsch oder richtig war unwichtig geworden; es war auf jeden Fall sehr komisch.

Vor dem Café, als beide zu ihren Arbeitsstätten abbiegen wollten, hielt Irmgard Lici noch einmal am Ärmel zurück, das Gesicht vom Vergnügen noch rund und verscherzt: „Laß die dunklen Augen grüßen!"

Und Lici war sich wieder bewußt, daß das auch schon zur Wirklichkeit gehörte, es half nichts mehr. Nur so konnte man sich dieses plötzliche rötlich-helle Empfinden erklären, eine Art Freude, eine Art Zug im Körper, von feinen Fäden . . . Es war jedenfalls da! Sie war nicht im geringsten darüber bedrückt, im Augenblick. Sie hatte keine Ahnung über den Fortgang dieser Begegnung, sie wollte es auch gar nicht wissen, sondern nur das Gefühl auskosten: „Ich erlebe alles anders, verändert, und es ist egal, woher und warum. Ich fühle mich leichter, wendiger, freudiger, fühle mich wie – beschützt".

Sie stand an ihren Arbeitstisch gelehnt, betrachtete abwesend ihre Werkzeuge und neuen Arbeiten. Kurt erschreckte sie mit einer Berührung an der Schulter, fragte, ob sie gerade gekommen oder schon im Gehen sei? Ah gut, er müsse mit ihr reden. Er schloß die Tür zu seinem Raum, bat sie, doch den Mantel auszuziehen und fragte fast gleichzeitig, ob sie sich etwas Schwieriges alleine zu bearbeiten imstand fühle. Unter eigenem Namen, nicht anonym für ihn und seine Agentur.

Lici suchte hastig nach ihrer früheren, vor kurzem erst abhandengekommen Witterungsgabe, der Neugier und Waghalsigkeit, mit denen sie sich solchen Angeboten, obwohl solche bis jetzt nur in kleiner Form an sie herangetragen worden waren, entgegengeworfen hatte. Sie tastete wie erblindet, horchte wie ertaubt nach dem zarten Glöckchen, das, weihnachtlich, eine bevorstehende Freude einzuläuten pflegte. Es war verschwunden. Doch ließ sie die

Erinnerung nicht ganz im Stich, die wußte noch, wie Lici sich bei solchen Angeboten zu verhalten hätte; daher konnte sie Kurts neugierig nach ihren Reaktionen ausspähenden Blikken wie üblich den beabsichtigten undurchdringlichen Widerstand bieten und, gelassen ihr übereinandergeschlagenes baumelndes Bein betrachtend, seine weitere Information abwarten. Gleichzeitig nahm sie langsam eine aufrechtere Sitzhaltung ein und begann eine Antwort zu überlegen. All das schien ihr heute etwas weniger abgerundet als sonst zu gelingen; es dürfte sich an ihr eine irritierende Schwerfälligkeit bemerkbar gemacht haben, die auf Kurt eine kribbelnde Auswirkung hatte; ihn zur Überlegung brachte, ob Lici in ihrer geschäftlichen Routine wirklich schon ein so alter Hase geworden war. Sicher hatte er sich nicht gedacht, daß sie ihre Begeisterung so lange zurückhalten könne. Sie machte ihn vielleicht ganz wahnsinnig, und er hätte am liebsten auf sie eingedroschen; oder gar sich auf sie und über den Tisch geschmissen.
Aber es war ihr heute wirklich ein mühevoller Weg, zurück in dieses gewohnte Verhalten; es siegte ein kleines Gewicht auf der Waage, ein wenig Konzentration, die, in letzter Sekunde in die Schale geworfen, Licis Rückkehr bewirkt hatte. Irgendwo war sie doch noch zu erwischen gewesen.
Das Fernsehen? Wenn man das Angebot einmal beiseite legen würde, Kurt-Hellmuth, kämen doch Gedanken auf, wozu eine solche Riesenanstalt zusätzlich eine im Vergleich so kleine Firma, wie er sie besaß, brauchte, um den Zusehern mit neuen Ideen aufwarten zu können. Saß nicht das halbe Land ohnehin jeden Abend vor diesem Gerät, ganz gleich, um welche Sendung es sich handelte, würde auch ohne größere Anfeuerung bestimmt vor dieser Sendefolge sitzen, um die es hier ging. Und wenn es noch so einfältig und fantasielos gebracht war, wer würde sich denn überhaupt gegen das, was man hierzulande vorgesetzt bekäme, wehren? Wie in irgendeinem Straflager säßen

alle artig da und nähmen ergeben die tägliche Kost entgegen, die ihnen vom General-Oberkoch und seinen Untergebenen zugebilligt worden sei. Es gebe da einige besonders Geschwächte, vielleicht Lahme, vielleicht Blinde, die sich dafür sogar noch bedankten. Den Erwachsenen könne es geschehen, daß sie Kinderbrei erhielten, während die armen Kleinen dalägen, von ungesund schwerer Nahrung erkrankt. Nur wenige könnten sich dazu entschließen, wenigstens zeitweilig auf jede Speise zu verzichten; die wären aber meistens von Natur aus sehr kräftig.
Kurt unterbrach Licis Vortrag nicht, zerriß jedoch ein beschriebenes Blatt in viele kleine Teile, wippte dabei sehr rasch mit beiden Knien, warf dann die papierenen Schnitzel in den Aschenbecher, bewegte diesen sorgfältig durch die Luft zum Papierkorb, kippte alles sauber hinein.
Ob sie jetzt ja oder nein sagen könne?
Er sprach ruhig und zeigte ihr doch, daß sein Lächeln ein beabsichtigtes Lippenverziehen war und keinesfalls „aus dem Herzen“ kam.
Also ja, sagte Lici, ich mache ein Konzept.
Sie hatte keine Ahnung, was man mit diesen kargen Angaben je würde anfangen können. Jemand vom Fernsehen glaubte, dem Publikum mit der Feststellung Freude und Erstaunen zu bereiten, daß die Wahl des Berufes, sei man nun Sportler, Künstler oder anderes geworden, meist schon von Geburt an Manipulationen unterliege; daß der Mensch kaum frei zu seinen zukunftsbestimmenden Entschlüssen gelange, sondern aufgrund oft vergessener, oft unvergessener Erlebnisse, durch Vorbilder, Ansporn und Unterstützungen früher Begabungen durch die Verwandtschaft, ungewollt, wie ein abgetretener Stein ins rollen käme, seinen Weg nehmen müsse. Oder war das jetzt nicht schon Licis eigene Auffassung? Alles, was Kurt ihr tatsächlich gesagt hatte, war doch nur, sich Gedanken zu einer Demonstrationsserie über in den verschiedensten Berufen und Lebensweisen gelandete Menschen zu machen. Und

wie man diese Dokumentation unauffällig-auffällig bereits voranküdigen könne. Wenn sie gebrauchsfähige Ideen zur Sendung selbst habe, könne man auch diese verwenden; es bestehe sogar die Chance, namentlich bei dieser Sache angeführt zu werden . . .
Begabung, Talent, dachte Lici, wieder an ihren Arbeitstisch zurückgekehrt – waren das wirklich Winke des Schicksals, sich dieser Zuneigung ganz zuzuwenden, nicht abzulassen, bis sie zur Erhaltung der Existenz, oder wenn das nicht so dringlich war, zur Weiterentwicklung, zum Aufstellen neuer Maßstäbe hinreichte? Konnte man sich nicht genausogut vorstellen, daß die Begabung nur ein befreiendes Ventil neben der Durchführung eines gut überlegten, sauber geplanten, Wohlstand schaffenden Lebensweges darstellen sollte? Ein Talent, das sich der Öffentlichkeit stellte, mußte immer den Wettbewerb in Betracht ziehen, mußte versuchen, alle Beteiligten zu überrunden. Das, was einem leichtgefallen war und Freude gemacht hatte, das, womit man noch als Kind die anderen unbesonnen und vergnügt entzückt hatte, wurde zum Maßband, zur Stoppuhr, zum Podium der Preisverleihung, zum Pokal, zur Medaille herabentwürdigt. Und selbst jene, die dazu applaudierten, ihre Verehrung und ewige Anhängerschaft bekundeten, wurden durch die Eskalation der Talente dieser wenigen zur großen Masse der Untalentierten zurückgedrängt; und somit war die Bewunderung für die Großen für alle anderen eine Sublimierung ihrer Beschämung über die angebliche eigene Unfähigkeit.
Es wurde Zeit, Abstand zu gewinnen, den Schuß Gleichgültigkeit, kühle Überlegung beizumengen, mit dem man ein solch breiiges Thema wie Ton umformte, beknetete, bis es langsam einen festeren Eindruck bewirken, den maßgebenden Leuten vielleicht schon bald als erste, noch etwas skizzenhafte Version dargelegt werden konnte; aber schon soweit ausgearbeitet, daß man dort eine gewisse Gier nach der Weiterführung, noch Genauerem erwecken

würde. Da sie sich für diese Arbeit entschieden hatte, würde sie eine solche Lösung finden. Nur erst einmal die Gedanken dazu ihre kleinen Hin und Hers austragen lassen. Morgen weiterdenken und übermorgen. Hülsen und Hüllen dafür ausdenken. Versuchs-Schablonen anfertigen. Bei sich die Sinne mobilisieren, von denen man bei den Leuten, dem Publikum schnelle Reaktionen und automatische Selbstverständlichkeit im Verstehen erwarten durfte. Farben, einfache Vorgänge; vielleicht aber verblüffend einfach wirkende Kompliziertheiten . . .

Unter clownhaft vortänzelnden Wegwerf-Ideen, die immer bei Licis Arbeit den Anfang machten, bereitete sie sich zum Heimgehen vor. Ordnete die Blei- und Buntstifte, Lineale, Papiere, Schriftproben, Farben, Scheren, Klebstoffe, herumliegende Entwürfe für alles Mögliche. Das Bedürfnis, sich nur von einem adrett geordneten Tisch abwenden und gehen zu können, versuchte sie geheimzuhalten. Diese kleine Pedanterie offen zuzugeben, wäre ihr schwergefallen.

Zu Hause machte sie sich für die Einladung zu einem Abendessen zurecht; Paul war wie üblich längst fertig, sah ins Badezimmer. Lici schämte sich plötzlich ihrer Nacktheit und ihrer üppigen Duschhaube. „Na, mach' in Ruhe weiter, wir haben noch Zeit", sagte er; suchte wohl auch nach dem Ort der alten Vertrautheiten, als er das dünner strahlende der beiden Lämpchen über dem Spiegel noch schnell genauer überprüfte, es schließlich von unten, den Kopf in den Nacken geworfen, austauschbedürftig befand. Er nickte ihr freundlich zu, sie nickte ihm freundlich nach. Seltsam betrübt rieb sie mit dem Handtuch ihren Körper trocken, wünschte, sie könne auch die Barriere damit wegschaffen, die mehr und mehr durch die Veränderung ihrer Gefühle zu Paul entstand. Sie bemerkte ja auch an ihm immer öfter ein Nachahmen früherer Selbstverständlichkeiten. Unter Leute zu gehen, wurde beiden ein wachsendes Bedürfnis; Lici ertappte sich dabei oft beim Betrachten anderer Paare, wie sie sich getrennt unterhielten und doch eindeutig zusammengehörten – oder etwa nicht? An Paul streifte sie wie suchend vorbei, und trotzdem sie bereitwillig in seine Runde miteinbezogen wurde, wobei er sie ab und zu mit einem kurzen sorgenvollen Blick streifte, fühlte sie sich nur wie eine Darstellerin von kürzlich Vergangenem. Wenige Tage später verbrachte Lici den Vormittag in einer Druckerei. Es ging um eine Werbebroschüre für die junge Rock-Gruppe „Horror de Luxe". Immer wieder war es ein Kraftaufwand, das Ergebnis der Druckverfahren so lange abzulehnen, bis man es endlich als Reproduktion des ursprünglich Entworfenen wiedererkennen und damit akzeptieren konnte! Eilig lief sie in das Haustor ihrer Arbeitsstätte, sie hatte viel zu viel Zeit vertan, ihr gesamter Plan für diesen Tag war über den Haufen geworfen, war nun umzuändern. Ganz zu schweigen vom „Fernseh-Konzept", für das sie genügend ruhige Stunden vorsehen sollte. Natürlich mußte ihr jetzt noch Herr Kranz mit fünf langen Rollen Wellpappe den Weg verstellen, dazu herzlich über die sperrige Situation lachend, in die sie beide geraten waren. Und anstatt die Sache vielleicht hochzuheben oder fallenzulassen, wie Lici sich gewünscht hätte, gab er noch – hatte er schon die Mittagspause hinter sich und war vom Bier so angeheitert? – langatmig und gestenreich, die Last unter einen Arm gezwängt, den anderen zu Luftzeichnungen eingesetzt, genaue Beschreibungen sowohl der einen als auch der anderen Möglichkeit, wie man aneinander hätte vorbeikommen können, diese heikle Szene, hahaha, hätte vermeiden können. Sah sie recht, zwinkerte er dabei mit dem einen Auge? Resolut drängte sie ihn gegen die Wand, quetschte dabei ziemlich die Papp-Rollen zusammen und hastete – direkt gegen Herrn . . . in dieser Schnelligkeit solches Herzklopfen bekommen zu können, war ihr neu. Ein froher Laut von ihm, er zog sie gleich an sich, wiegte sie leicht; sie paßte als Gegenform genau zu ihm, hielt weich durch den Mantel seinen warmen Rücken. Man

kannte sich schon, unterhielt sich in einer lautlosen Sprache. Als sie sich bald wieder gelöst hatten, war es schwierig, sich anzusprechen. Jedes Wort war jetzt von Bedeutung: einerseits die Gefahr, sich dem anderen bereits zu vertraulich, überrumpelnd oder gar abstoßend hinzuwenden, andererseits die Gefahr des Gegenteils. Dazu kam, daß jede Äußerung nun Anteil an der Person nehmen würde: was die Körper, die Sinne, wie man das auch nennen mochte, sich zureichten, sollte doch von der Sprache bekräftigt, die Verbundenheit durch sie bestätigt werden. Lici konnte nichts anders als ein „Hallo" mit langem „o" hervorbringen. Sie betrachtete gerade eines seiner Ohren und war sich nicht ganz über die Länge ihrer Töne im klaren. Er sagte einstweilen gar nichts, nahm nur ihre Hand und ging mit ihr wieder aus dem Haus. Als leutseliger Beobachter versperrte Herr Kranz diesmal das Tor von außen; er hielt nun die Rollen in beiden Armen, aber quer, war von der eigenartigen Szene im Flur noch sehr erstaunt, was ihn zu allerlei weiteren Kommentaren anregte. Es genügte diesmal, ihn leicht beiseitezuschieben.
Wie war es möglich, nach einem so herzlosen, ärgerlichen, ermüdenden Vormittag im Handumdrehen (im wahrsten Sinne des Wortes) zutraulich wie ein großes Kind und fröhlich einem Mann ins Café zu folgen, als habe man ein längst vertrautes Pfeifen gehört, auf das man zu gehorchen gewöhnt war?
Licis Hand war erst beim Hinsetzen aus der seinen zu lösen. Überfallartig wirkten die Menschen, die auf der Straße so dicht mit ihren Gesichtern ans Fenster kamen, bevor sie seitlich irgendwohin wegglitten. Dagegen war sein Gesicht wie die Heimat. Und das, was er nun sagte, war die Frage nach ihrer Bestellung. Ganz einfach. Der Ober wurde von Lici ziemlich lange mit Fragen nach der rechten Speise beansprucht, er war so höflich und ausgleichend; und sie hatte doch ein wenig Angst. Dann saßen sie sich allein gegenüber.

Fest stand bald, daß er Leo hieß. Leo Sinner-Klein. Glücklich verlobt, bald verheiratet, demnächst in Amerika, für lange, vielleicht für immer; dort warteten eine wunderbare Arbeit, ein schönes Heim. Alles würde seinen rechten Lauf nehmen, Sinner-Klein sei ein Gütesiegel für Durchhaltevermögen.
Lici war teilnahmsvoll; sie verstand. Und verstand gar nichts. Sie zeigte sich begeistert über seine Zukunftsaussichten und hätte doch fragen sollen, was er denn von ihr wolle? Sie ließ sich tief in die Augen schauen, leise über die Hand streicheln, gab das Ganze sogar fast von selbst zurück; und hätte aufstehen, sich für das nette Plauder-Essen bedanken und gehen sollen. Aber als sie ging, hatte sie ihm ihre Telefonnummer gegeben und einem Abendessen in den nächsten Tagen zugestimmt.

Vorher war es für Lici nur das Erlebnis gewesen, in einer verwandelten Gefühlswelt zu leben. Vielleicht war das, was auch die Formulierung „Liebe" annehmen konnte, etwas, das einer Zwangsneurose nicht allzu ferne stand? Ein Gefühl, das mit derartiger Unbedingtheit auftrat, angesichts oder angedenk einer bestimmten Person; wie es in anderer Richtung auch als Platzangst, als Klaustrophobie im Lift, im Kino auftreten konnte? Als ständige Panik beim Schwimmen im Tiefen, als Angst, sich irgendwo alleine aufhalten zu müssen . . . Lici hätte sich in ihrer psychologischen Laienhaftigkeit noch viele Beispiele ausdenken können, Abgründe solcher Art empfand sie oft nicht sehr weit von sich entfernt. Da sie sich den Zustand des „Verliebtseins" nun als eine Neurose angenehmeren Charakters gedacht hatte, fiel ihr auf, daß mit ihrem Auftreten das Emporkommen anderer, negativer Gefühlszustände abgeschwächt zu sein schien. Fast, als wäre in einer menschlichen Seele nur Platz für eine dieser zwingenden Vorstellungen. Daher, obwohl einem das Gefühl alleine nichts erklärte, diese seltsame Geborgenheit im Verliebtsein.

Umgekehrt könnte das auch der Grund sein für die Unmenge an liebesunfähigen Menschen. Sie waren in alle möglichen Ängste und Schreckenszustände verwickelt, ständig damit beschäftigt, davor zu fliehen, sich zu betäuben, es einfach nicht zu beachten; und doch immer auf der Lauer, wieder das Rascheln im Gras zu hören. Diese Kraftvergeudung ließ kein Lieben zu.
Was also für Lici vorher, gestern noch, nur ein schönes neues Gefühl gewesen war, hatte mit dieser Zusammenkunft seine Anonymität, seine Unverbindlichkeit verloren. Sie mußte sich nun Gedanken machen: über ihr eigenes Verhalten; über die Absichten des anderen. Als ob es sich um ein Tauschgeschäft handle, fragte sie sich kleinlich, ob sie hier nicht Kostbarkeiten vergeude. Sie war sich des Wertes ihrer Gefühle bewußt, war ihrer schon seit langer Zeit nicht mehr habhaft gewesen und wachte nun umso sorgfältiger über diese Seltenheit. Da aber jener Mann wie durch ein alchemistisches Wunder ihr ziemlich versteinertes Maß an Zuneigungsfähigkeit so schnell in einen Klumpen puren Goldes verwandelt hatte, konnte sie sich von ihm nur eine Erwiderung dieses Empfindens vorstellen; und Kleinigkeiten, die sie an ihm achtlos aufgenommen hatte, bei jemand anderem aber als einem engverpackten, unfreien Charakter zugehörig abgelehnt hätte, versuchte sie hier zu akzeptieren. Vielleicht war es ein Fehler von ihr, daß sie sonst gewisse Äußerlichkeiten, bestimmte Eigenheiten im Sprachgebrauch, bei den Menschen als untrennbar von deren Einheit und damit von ihrer Zerstörtheit auffaßte. Lici bekämpfte also einerseits ihr Mißtrauen, konnte es andererseits nicht ganz verstoßen, zu sehr betrachtete sie dies als legitimen Kontrollmechanismus. Die einfache Zeit des „Daran-Glaubens“ war für sie längst vorbei. Immer begann eine Sache schwierig zu werden, sobald sie mit Überlegungen in Verbindung kam! Es war auch höchste Zeit, vom allzuvielen Denken über etwas, das höchstwahrscheinlich doch nur kurzlebig sein würde, abzulassen.

Das „Konzept" hingegen war eine Aufgabe, die bereits gut im Gerüst dastehen sollte und doch bestenfalls nur der ausgehobenen Unterkellerung glich. Lici nahm sich fest vor, dieses belastende Thema von jetzt an bei all ihren täglichen Beschäftigungen, Zusammenkünften, den normalen Abläufen, dabeisein zu lassen. So würde sie besser damit vertraut werden.

Paul rief wegen des neuen Teppichs an; würde aber, sagte er, doch lieber den anderen nehmen, er sei im Geschäft und müsse sich entscheiden. Welcher andere? Dieser bläuliche, die Muster an den Rändern hätten diese kleine zakkige Form, eigentlich eher rundliche in der Mitte, aber oben und unten seien kleine turmartige Spitzen, ob sie sich nun erinnere? Lici konnte sich dabei so gut vorstellen, wie er mit Daumen und Zeigefinger gleich neben der Sprechmuschel zum wiederholten Mal eben dieses Muster ins Leere formte; beim Wort „spitz" die Fingerkuppen ganz fest zusammenpreßte. Paul hatte schöne lange Finger, deren Existenz seine Mutter nicht nur durch den Anblick erfreute, sondern die sie sich von jeher nur in eine Violine vergriffen vorstellen konnte und Paul selbst auf einem Podium, umjubelt. Da es nicht so gekommen war, gab sich Pauls Mutter die Erlaubnis, allen Leuten, die sie kannte oder traf, von ihrem begabten Sohn zu erzählen; der es unter anderem abgelehnt habe, dem Drängen seiner Lehrer und der Fachleute nachzugeben und ein großer Violinvirtuose zu werden. Warum es wirklich so durchschnittlich mit Paul gekommen war, hatte sie natürlich genau im Gedächtnis. Da waren eine Menge schlechter, noch schlimmer „unintelligenter" Lehrer gewesen, die ihren Sohn stets einander weiterempfohlen und zuletzt gänzlich verpfuscht hätten. Dann das Unverständnis seiner Schulen, die, seine Übungsstunden nicht bedenkend, rücksichtslos geprüft und benotet hätten. Die außerdem nicht davon ablassen konnten, die Zukunftsvisionen seiner Mutter – sie wären nur mit seinem höchsten Einsatz beim Üben zustandekommen – mit Berich-

ten über andere triviale Berufsziele zu ruinieren. Und die Frauen hätten nur mehr ihre Habgier über Paul geschüttet, aus dem musischen Kinde wäre nun jemand geworden, der sein Glück im Geldverdienen, Autos, gut, auch Büchern, Theater, Musik und Reisen, von denen sie selbst oft profitierte, da ihr solche gern zum Geschenk gemacht wurden –, jedenfalls im Geldverdienen nicht nur gefunden hätte, sondern noch weitersuchte!
Lici war mit dem Teppich einverstanden, sie hatte keine Ahnung, welchen er meinte.

Irmgard in einer Menge nicht zu erkennen, war unmöglich. Obwohl von normaler, eher kleiner Figur, hatte sie die unübertreffliche Gabe, ihren Hals in eine starre lange Röhre zu verwandeln, die sie, als wäre ein U-Boot in die Masse eingetaucht, spähend über die Wogen hob. Somit kam man sich auch fast als Angriffsobjekt vor, wenn sie den Kopf wieder in die gewohnte Höhe hinabsenkte und zugleich aus ihrer Umgebung hervorschoß, Böller abfeuernd, Fahnen hissend; keine Ansprache, aber einen herzhaften Kuß auf die Wange. Sie hatte auch schon die richtigen Worte bereit, um Lici aus ihrer zögernden Stimmung herauszureißen. Da Irmgard das Bedürfnis nach „Amüsement" hatte und der Film es ihr zu versprechen schien, war sie um kein Wort verlegen, Lici die Qualität des Regisseurs, des Themas, der Schauspieler schmackhaft zu machen. Und obwohl sich Lici doch sogleich bereit erklärt hatte mitzukommen, schien Irmi ein unversehener Absprung der Freundin nicht unvorstellbar; es galt nun, sie die paar Meter bis zum Portal mitzuziehen und, schnell weitersprechend, die beiden Eintrittskarten zu fächeln. Lici hatte nie Irmgards Kino-Leidenschaft so richtig teilen können; aber es war anschließend doch oft zu guten Diskussionen gekommen, teilweise lustigen, wenn Irmi sich glühend in die verschiedenen Rollen hineinversetzte.
Diesmal verteidigte sie nach der Vorstellung zuerst die

Darstellung der bösen, mißhandelnden Person, verachtete das Opfer, da es sich doch offensichtlich selbst in diese Situation gebracht hatte; fand aber bei ihren Überzeugungsversuchen heraus, daß sie, Irmi, sich eigentlich dem Opfer ähnlich verhalten hätte, wäre sie in diese Lage geraten. Sie hätte übrigens die Rolle ebenfalls gut verkörpern können. Schließlich ließ sie kein gutes Haar mehr am Bezwinger, am Täter; er war, fand sie allmählich heraus, zu brutal und zu eindeutig durchtrieben dargestellt gewesen: wozu noch kam, daß der Schauspieler selbst ein viel zu fadenscheiniger und langweiliger Typ sei. Ab dann, ihre großen Minuten endlich, wenn sie Lici anvertraute, wie sie selbst die Geschichte filmisch angepackt hätte (nun hatte auch der Regisseur, jeder ihrer Lieblinge, große Fehler), wenn ihr ihre Begründungen gelungen waren, wurde Irmgard zufriedener, umgänglich, bekam langsam wieder Interesse für die Umwelt, in der *sie* existierte.
Lici war über Irmgards emotionelle Ausbrüche bei solchen seltenen Anlässen meist froh. Was für ungestillte Bedürfnisse konnten sich da ausleben, als Zuhörer wurde man nachdenklich, wieviel Kraft sich ansonsten stillhalten mußte bei Irmgard, wieviel Einsicht und Verzichten sie das Leben gelehrt hatte. Sie glich damit vielen anderen, die hier verhalten und wohlerzogen an den Tischen saßen. Lici selbst hatte heute weniger das Gefühl des Dazugehörens, denn sie trug einen unsichtbaren Schein um den Kopf, besaß das Geheimnis einer alten Schatzkarte, die nur der kennen durfte, mit dem sie die Beute vergraben hatte . . .
Manchmal, wenn Irmi *zu* einsichtsvoll war, versuchte sie einen bis ins Innerste zu inspizieren und glaubte, Verschlucktes heraufholen zu müssen; dann wurde es bei Lici zuweilen trostlos offensichtlich, daß da gar nichts nach außen konnte, nicht wegen der Heikelkeit des Themas, sondern weil nicht einmal ein solches vorhanden, weil eigentlich nichts vorhanden war. Heute wäre sie für ihre Freundin zur Fundgrube geworden; aber um in dieser

Sache alleine bleiben zu können, besann sich Lici ihrer beruflichen Wander-Gedanken und fragte, der Wein war schon gebracht worden, die Einleitung ins Zuprosten einflechtend, wie denn das Leben Irmgards, angenommen, sie wäre nochmals zehn, seinen Lauf nehmen sollte? Anders, oder geradeso, wie es bis jetzt gewesen war? Irmgard, noch ein wenig ins Filmgeschehen verloren, hatte etwas den feuchten Augenausdruck der Hauptdarstellerin und glitt übergangslos in eine seltsame andere Ergriffenheit, von Licis Frage sichtlich an einem wunden Punkt getroffen. Sie sah an ihr vorbei in ein Leben hinein, dessen Abglanz in Irmis Augen keiner Worte bedurft hätte, sich eindeutig verschieden von ihrem wirklichen Leben darstellte. „Wert" habe ihr Leben sicher gehabt, schon allein Lisas wegen, zum Beispiel. Und diese Menge an Erlebnissen – was war nicht alles zu überwinden gewesen an Umständlichem, im nachhinein könne man auch ruhig sagen, an Unnötigem – was wiederum nicht stimme, da sie es jetzt, viel später, zwar so beurteile, ohne all das aber nie ihr jetziges Stadium der Ruhe und des Verständnisses erreicht hätte. Da, wo sie jetzt angelangt sei, sei absolut nichts von Besonderheit, aber da sie immer ein langsameres, vorsichtigeres Wesen gehabt habe, betrachte sie diese Position doch als gute persönliche Errungenschaft.

Nur das Bedauern – nicht *einmal* ausprobiert zu haben, was sie sich, häßlich und dünn damals, in den Spiegel hinein zugeflüstert hatte: Tänzerin zu werden! Ja, Sprache und Mimik seien ihr auch gut gelegen; aber der Körper, dachte sie damals, wäre ein noch viel einmaligeres Instrument gewesen, sich, außer zu heulen, zu zanken oder zu kichern – „ausdrücken" zu können. Es sei ihr schon als Kind immer zu plump, zu direkt vorgekommen, ihre Gedanken oder Probleme den Mitmenschen, den Eltern, den sowieso enttäuschten Lehrern, den Onkeln, Tanten, Freundinnen, Geschwistern einzig mit Worten verständlich zu machen. Durch den Tanz, den sie schon früh unbeobachtet und heimlich, Mutters Kleidung aus dem Kasten borgend, vor dem Spiegel praktiziert hatte, durch ihn, über ihn wäre sie ihr Leben von der richtigen Seite aus angegangen. Vielleicht wäre sie schließlich doch auch bei Gustav gelandet, hätte sie ähnlich oder genauso das Scheitern einer Beziehung kennengelernt; aber sie könnte noch immer – tanzen! In dem Alter, in dem man solche Dinge angehen müsse, eben noch sehr jung, habe sie das ihren Eltern auch vorgetragen. Aber schon das von der Mutter übertrieben heitere und dann vom Vater, unbewußt mitleidig ihre Figur umfassende, einstimmende Lachen hatten genügt; die Belehrungen im nachhinein von solider Ausbildung hier, ein trauriges Soubretten-Schicksal dort, andererseits Verständnis-Vorgegaukel gemischt mit Ablenkungsmanövern seien nicht mehr nötig gewesen. Man hatte sie die Last des ältesten Kindes spüren lassen, ein Ungelungenes, von dem man sich nur noch einfaches Gelingen erwartete. Aus der Traum.

Lici hatte plötzlich die Idee, daß es in ihrem Konzept nicht mehr darum gehen müsse, dem Publikum Werdegänge von Menschen vorzulegen, die es „zu etwas gebracht" hatten. Wie viel interessanter wäre die Sache doch, schon allein, da sich die Zuseher mit dieser Gruppe besser identifizieren könnten, wenn man eine Sendereihe entwickelte, die von ganz „durchschnittlichen" Mitmenschen handelte. Von solchen, die einigermaßen darstellen konnten, wie sich ihre Zukunft schließlich der finanziellen Existenz ihrer selbst und ihrer Familien unterworfen hätte, ohne jemals die alten Sehnsüchte auch nur ab und zu mehr berücksichtigen zu können. Oder solche, die auch zu einem geregelten Einkommen nie fähig gewesen waren und sein würden, da sie den Verlust ihrer größten Triebfeder, sei es durch das simple Verbot ihrer Vorgesetzten, sei es durch Krankheit, Unfälle, Schicksalsschläge aller Art, nicht überwinden hatten können. Oder vielleicht sollte man überhaupt nur

„gestrandete Existenzen" vorzeigen, die bereit waren, ihre jetztige Lebensform als das anzugeben, wonach sie ursprünglich nicht gestrebt hatten? Die aber, ob sie es nun wußten oder nicht, eine Ähnlichkeit mit anerkannten Menschen aufzeigten; nämlich die, sich mit Konzessionen und der willigen Annahme von Mittelmäßigkeiten nicht abspeisen zu lassen.
Lici konnte sich aber auch eine Gegenüberstellung der beiden Gruppen, der Anerkannten und der Mittelmäßigen, Verlorenen vorstellen. Keinen Gesprächsleiter, kein Arrangement, das die Programmpunkte brav einhielt. Nur Leute, die sich gegenübersaßen und das, was sie geworden waren und wie, gegenseitig berichteten. Da müßten doch Unterdrücktheiten von der einen und überlegen wirkende Überzeugungsnot von der anderen Seite Konflikte zu Tage bringen, die, wenn sie von diesem leider vorsichtigen Veranstaltungsinstitut geistig und optisch entsprechend unterstützt würden, eine Quiz-Sendung blaß wirken lassen müßten! Daran zu denken, daß Zuschauer sich im Verlauf des Betrachtens nur ungern ein Bier aus der Küche holen würden, zumindest die Mitzuseher bittend, sie in zwei Minuten über das Versäumte genau zu informieren, wie es bei Sportveranstaltungen, einem Fußballspiel etwa, üblich war, empfand Lisi natürlich als utopisch. Alles, was nicht wie etwa der Sport dem Fanatismus der Massen entgegenkam, würde sowieso gleich als finanziell wenig einträglich und als geistig überbeanspruchend beiseite gelegt werden. Es sei denn, die Welt würde filmisch wiederum um vieles liebenswerter gezeigt, jedem einzelnen so nahe, unter Weglassung aller Verletzungen und krankhaften Zustände, in ein großes Bad von rührender Stumpfsinnigkeit getaucht; das war beliebt, wurde fleißig gefördert; zur Zeit strudelten Horden von Serien über Familien wie du und ich, die mit allen Problemen des Alltags spielend fertig werden, über den Bildschirm. Aber warum nicht, wo es doch bei einem selbst zu Hause oft so ekelhaft zuging, man nicht in der

Lage war, sich so treffsicher und humorvoll miteinander zu unterhalten . . .
Lici war froh zu hören, daß ihr erstes Gespräch mit Herrn Wübler in den nächsten Tagen stattfinden sollte. Es war bestimmt nicht uninteressant, einem führenden Mann der hiesigen Fernsehanstalt gegenüberzutreten und mit ihm sprechen zu können. So, wie sie im passiven Zusehen seine bisherigen, von ihm angeregten und an die Öffentlichkeit gebrachten Projekte kannte, hatte sie wahrscheinlich mit seinem Vorschlag zu rechnen, einen Psychologen oder, noch besser, Psychiater zur Sendung beizuziehen. Einer, der, oft genug im Bild, die Seriosität, das echte Anliegen einer solchen Sendereihe bekräftigen würde. Führten nicht oft genug Motorsportler, Skifahrer und Leichtathleten als Erklärung von Mißerfolgen oder Siegen die Worte: autogenes Training, unbewußte Sperre, psychologische Einstellung, Meditieren, Ergründen des Grundproblems, Einheit von Körper und, na ja, Geist . . . im Mund? Was war aus denen geworden, die sich vor dem Start noch schnell bekreuzigt hatten? Alt waren sie allesamt geworden.
Und auch Direktoren von Betrieben waren schließlich nur unsichere Leute, die nach Zustimmung aus allen Richtungen heischten; auch für sie war es schwer, ohne irgendwelche „glaubwürdige" Unterstützung aus eigener Überzeugung zu handeln.
Was hatte sich seit dem Mittelalter geändert? Konnte ein Kaiser sein Volk besser überzeugen als mit einem Bischof, Kardinal, dem Papst an seiner Seite? Beim Schauspiel der Feldmessen den Priester segnen lassen, er selbst daneben, hoch zu Roß? Er hatte zwar keine Ahnung, wie die Schlacht verlaufen würde, aber mit den besten Wünschen eines Vertreters der höchsten, unfaßbaren Instanz war das Vertrauen der einzelnen gestärkt, die Dringlichkeit dieser Auseinandersetzung bestätigt.
Und ob nun Gott bei einem oder mit einem war, oder die Psychologie, war doch im Grunde dasselbe.

Überall Angst um das eigene Ansehen, überall ein Vorschieben von Strohmännern, um bei Ablehnungen und Peinlichkeiten noch Zeit zum Lügen zu gewinnen, Zeit für gnadenlose gegenseitige Verletzungen. Irmgards Ab- und-zu-Freund Karl hatte letztes Mal so ausdrucksvoll seine Ansicht darzustellen versucht, daß der Mensch, wenn er überlebe, in einiger Zeit wohl in der Lage sein würde, auf anderen Planeten sein Weiterleben als Erdenmensch zu ermöglichen: aber „menschlisch", Karl holte sich dabei das Wort unbeholfen mit beiden Händen aus der Luft, menschlich, das habe doch alle bekannte Vergangenheit bewiesen, würde man nichts gewinnen. Nie! rief er und war erstaunt, daß nicht einer ihm widersprach. Karl las gerne Bücher über Jagen und Fischen, wußte nicht, daß er sich durch diese eigene Überlegung mit sehr weisen Geistern lesend noch hätte weiter auseinandersetzen können.
Aber war es nicht viel wichtiger, auf Dinge von selbst zu stoßen und durch eigene Gedanken dazu eine Meinung zu formulieren? Mußte man denn alles schon wissen, da man es ja gelernt hatte, und jahrelang gleichgültig, nur bei Knopfdruck folgsam zitierend, mit sich herumtragen?
Daher sah Lici den Sinn dieser „lebensnahen" Sendungen immer mehr im Begreifen des einzelnen Zuschauers durch sein eigenes Mitdenken. Ja, so würde sie dieses Konzept „anlegen"!
Durch Schritte, gleichzeitiges Telefongeklingel im Nebenraum aufgescheucht, drehte sie sich um. Kurt, Kurt-Hellmuth kam zur Tür herein. Nur die Ruhe, dachte sich Lici, ich bin gut an der Arbeit!
Und heute würde sie schon den zweiten Abend mit Leo verbringen. Sich dessen bewußt zu sein und gleichzeitig zu arbeiten, war ein Zwiespalt; Lici verschnürte ihre vorwärtsschnellenden Gedanken in ein enges Bündel. Ein, zwei Stunden mußte sie sich auf das Niederschreiben ihrer Ideen, vorerst in mögliche und sichere Verwendbarkeit unterteilt, heute noch konzentrieren.

Sie arbeitete rasch, doch manchmal lockerte sich einer der Gurten. Lici sah mit warmen Wangen durch das Fenster hinaus auf die gegenüberliegende graue Hausfassade, hielt bereits ein kleines Gespräch mit Leo, in dem er endlich ein paar Dinge aus seinem Leben erwähnte, von denen er sonst solchen Abstand hielt, daß man meinen konnte, er habe einen Doppelgänger, der sich damit zu befassen habe. Lici fand die Worte, die sie ihm schon längst hätte sagen wollen; und langsam kam *der* Leo heraus, den sie unter aller Maskerade erblickt zu haben sicher war. Aber noch schnürte sie das Bündel wieder, rief Herrn Kranz durch zwei Räume die Bitte um Kaffee zu.
Was sie da hinschrieb, war für sie ganz klar mit optischen Begleitvorstellungen verbunden. Sie konnte sich die Heraufbeschwörung packender Situationen deutlich vorstellen – aber würde Herr Wübler über dieselbe Hellsicht verfügen?
Also ging sie daran, auch die einfachsten Gedanken, für die ein vorstellungsbegabter Mensch sofort das entsprechende Bild beisteuern müßte, mit bildhaften Darstellungen zu begleiten. Fügte sogar Punkt A, B, C an, um diese kleine Schar stellvertretend für eine reiche Auswahl von Variationsmöglichkeiten darzustellen. Vielleicht würde Herr Wübler es später als kindisch, seine langjährige Erfahrung etwas verärgert als übergangen empfinden. Aber wenn man ihn so offiziell, ganz von ferne kannte – Lici wußte nicht, ob es nicht doch sicherer sei, mit Genauigkeit vorzugehen.
Es wurde ihr auch langsam egal, ob sie damit Erfolg haben würde. Das Nachspüren eines Abwicklungsvorganges, der Licis eigenen Bedürfnissen entgegenkam, wurde während der Arbeit immer deutlicher, bekam den Charakter eigener Kreativität, war der Ansatz zu einem guten Wurf. Sie würde das Material bald zu sauberen Paketen sortieren, in Cellophanfolien, mit Letteraset-Aufschriften versehen, alles ordentlich zu einer überschaubaren, noch provisorischen,

aber bei einigem guten Willen bereits verwendbaren und relativ leicht überschaubaren Mappe gestalten. Die Originale würde Herr Wübler bekommen, mochte ihn ein Wunder einmal aus seinem altbewährten Fahrwasser auftauchen lassen! Die Kopien würde Lici behalten, als ein – ja, als ihr eigenes Werk.
Und Kurt bekam sein Augenzwinkern, das ihn beruhigte, sein Vertrauen in Lici neu bestärkte, auch, daß der Firma durch ihren Solo-Gang gewiß kein Nachteil entstehen werde.

Wo das alles noch landen würde, Licis ganzes Leben dazu, das war im Moment – unvorstellbar. Sie hatte Paul von dem Angebot erzählt, die Chance erwähnt, die sie damit verband; nämlich eines Tages eigenständig weiterarbeiten zu können. Welcher Art, sei zwar ungewiß, aber nach einer solchen „Annahme" könnten sich viele Richtungen anbieten. Alles, was er an Reaktion herausbrachte, waren ein mitleidiges Lächeln und, sein prüfender Blick mußte sich von ihrer Spaßlosigkeit überzeugt haben, die Frage, ob sie wirklich so naiv sei zu glauben, diesen gepanzerten Apparat mit ihren kleinen Abschüssen auch nur im Geringsten beweglicher machen zu können? Gut, sie solle ihre Arbeit tun, aber doch ohne persönliches Engagement: alles, was dabei herauskommen könne, sei die Tatsache, daß jene Leute sich ihr Konzept brav behalten, es andererseits ablehnen und dann stückweise dieses und jenes herauspikken würden. Eben Dinge, die sie für anderes gut gebrauchen könnten. Für solche Sachen sei Lici einfach zu „exklusiv", man wisse doch, was dort verlangt werde. Übrigens ein Idiot, dieser Kurt, ihr die volle Verantwortlichkeit gegeben zu haben.
Und wenn, fuhr Lici dazwischen, die dort, wo sich schon alles seit Jahren im Ringelreihen die Hand gibt, nach neuen Impulsen suchen? Das konnte sich Paul nicht vorstellen, er strich ihr beruhigend über den Schädel und sah sie an, halb

amüsiert, halb froh, nicht in ihrer Haut zu stecken; dann wandte er sich ab.
Licis Zorn konnte sich im Augenblick nicht entladen, man war mittlerweile im gegenseitigen Ringkampf trainiert, so schnell nicht der Schwächere zu werden. So betrachtete sie Paul nur hohnvoll von hinten, fühlte seine überzeugenden Erklärungen von allen ihren gehässigen Gefühlen unverwundbar und konnte ihm daher nur, mit buchstabenweise fallenden Worten, ihr Beileid mitteilen: Arm sei ein Mensch, der nur das für möglich halte, an das er gewöhnt sei. Arm, wenn einer, so wie er, für Hoffnungen keinen Raum habe.

Wie unterschiedlich begann dagegen das Gespräch mit Leo. Zuerst hatten sie zusammen ein Theaterstück besucht, für beide eine Tortur, sich so nahe zu sein, ohne, da man einander noch zu fremd war, sich vertraulich aneinanderlehnen zu dürfen. Daher beide sehr aufrecht sitzend, mit viel Erschauern, zumindest was Lici betraf, wenn sich die Schultern, fast magnetisch angezogen, leise berührten. Verhörte sich Lici, hatte Leo Schnupfen, oder drückte sich in diesem schweren Schnaufen ebenfalls seine Erregung aus? Aber gut, das Stück nahm ein Ende; obwohl man wohlwollend mitgelacht, andererseits durch Nicht-Applaudieren an dieser und jener Stelle Kritik geübt hatte, wäre Lici zum Schluß nicht in der Lage gewesen, den Inhalt einigermaßen folgerichtig wiederzugeben. Ähnlich schien es Leo gegangen zu sein, er wirkte im Restaurant erleichtert, die Anstands-Hürde, die kultivierte Einleitung überstanden zu haben. Vielleicht weniger, weil er solche Zeremonien bei Lici für unumgänglich hielt, als weil er damit sein angekündigtes eigenes Kulturbedürfnis bewiesen hatte. Wie gut konnte er nun das Gespräch in Gang bringen! Auf die einfache Art, sie anzulächeln, und neugierig, ohne dabei zu vergessen, ständig nach dem Ober Ausschau zu halten, nach ihrer derzeitigen Arbeit zu fragen. Oh doch, das interessiere ihn sehr! Lici begann zögernd, ihr Tun zu bagatellisieren, aber er hatte eine gute Art, Fortsetzungen zu erwarten. Daher bekam Licis Werken allmählich Bedeutung, sie konnte sich nicht halten, auch die Lust an ihrer Arbeit zu erwähnen (obwohl sie momentan an andere Dinge zu denken geneigter war). Da ihr noch immer nichts als volles Interesse für alles, was sie betraf, entgegenkam, leerte sie ihm schließlich den ganzen Inhalt ihres Strebens und Sich-zutrauen-Wollens auf den Tisch, der, mit feinen Speisen bedeckt, all das Gesagte als Nahrung miteinbezog, die Leo guten Appetites, vollen Mundes und Wein nachgießend, sehr teilnahmsvoll in sich aufnahm. Er unterstützte ihre Meinungen voll und ganz, vertrieb ihre Zweifel, indem er wiederholt sein Vertrauen in ihre Tüchtigkeit erwähnte. Wo er doch, ohne noch etwas von ihr zu wissen, sofort eine Reihe von Qualitäten an ihr erkannt habe! Lici hatte eventuell einen Schwips, aber dieses fast liebevolle Eingehen auf ihr Wesen, ihr Äußeres, sein schallendes Lachen auf ihre drolligen Bemerkungen lösten beinahe einen Glücksrausch in ihr aus. Sie war so weit entfernt von den Fragen, die sie ursprünglich an ihn hatte richten wollen, erinnerte sich aber unvermutet daran und fragte laut und deutlich, mitten in schummriges Geschmunzel hinein, in welcher Weise *er* denn sein tägliches Leben führe. Irgend etwas hatte sie damit kurz beschädigt, aber Leo schien rasch einen Weg gefunden zu haben, die gute Stimmung wieder einzuholen. Er sagte, bei ihm gehe es viel ereignisloser zu, Arbeit und wieder Arbeit; aber sie wolle ihm doch den Gefallen tun und nicht auch noch auf Details bestehen? Oh nein! Er wirkte plötzlich bedrückt, hatte etwas Verseufztes an sich, Lici hätte am liebsten über den Tisch hinweg seine Gesichtszüge berührt, als müsse sie mit ihren Händen etwas Zerdrücktes wieder glattstreichen. Dabei fiel ihr auf, daß sie überhaupt keinen Hunger hatte und nur aus Höflichkeit, um dieses Beisammensein nicht zu irritieren, die guten Dinge hinunterwürgte. Wie kam es, daß sie einem Menschen so nahe war und ihn doch so weit weg, wie im

Vorübersegeln unerreichbar empfand? Wäre sie nicht längst von den Erfahrungen mit ihrer Direktheit gewarnt gewesen, hätte sie ihn gerne nach seiner Verlobten gefragt. Ihr wäre etwas Schonungsloses weit lieber gewesen – es war ja an ihr gelegen, es auszuhalten oder nicht –, als aus Rücksicht auf Leos zahlreiche Sperren immer nur in schäkerndem Geplauder um solche Deutlichkeiten herumzukreisen. Dieser Mensch brachte es fertig, sie beinahe jede Zurückhaltung verlieren zu lassen und ihr auch noch das Gefühl zu vermitteln, drauf und dran zu sein, ein Heiligtum zu schänden.

Als sie gingen, sah sie sich noch einmal nach dem kleinen Tisch um; wie ein Backfisch hatte sie das Bedürfnis, den Ort ihrer Zusammenkunft im Gedächtnis zu behalten.

Und als er sie vor ihrer Haustüre absetzte, den männlichen Ausdruck des „Vernünftigbleibens" im Gesicht, aber auf melancholische Weise, war sie es, die ihn küßte. Eine Tat, die nun endgültig diese Beziehung aus den Angeln des Platonischen riß.

Wo immer Lici war, was immer sie tat, sie war sich ihres Bedürfnisses nach „mehr" bewußt, alles in ihr zielte darauf hin, Leo schließlich so nahe kommen zu dürfen, wie es zwei Menschen nur können. Da sich dieses physische Gefühl so lautstark meldete, ungeduldig und bettelnd an allen Körperteilen zog, hoffte Lici vorerst, daß es sich nur um eine Hungersnot handelte, die einfach behoben werden müsse. Nichts weiter, der Zustand würde damit sein Ende finden, die alte langweilige Ruhe wieder einkehren. Sie wunderte sich über Leos Zögern, spürte sie doch, daß auch sein Körper ihr antwortete; zumindest sein Körper. Lici bekam in ihrem Vorausdenken plötzlich Angst, daß nach einer einmaligen, möglichst bald zu geschehenden Vereinigung mit Leo sich herausstellen könne, daß damit nichts gelöscht worden war; womöglich würde es dann gar nicht mehr aufhören können zu glosen! Andererseits konnte man noch

auf die Möglichkeit eines nicht unwahrscheinlichen Fiaskos hoffen – vielleicht würde sie ihn gründlich enttäuschen, vielleicht würde sie sich in ihm gründlich täuschen: ergebnislos könnte man froh auseinandergehen! Sie wollte jetzt um keinen Preis, daß es sich doch um Liebe handelte. Sie wollte es hinter sich bringen und abschließen.
Paul gegenüber versuchte sie jetzt, so gut sie dazu imstande war, die Stimmung zu verbessern. Sie wollte ihn nicht verlieren, noch nicht; wollte ihm am liebsten alles erklären und wußte, daß sie ihn damit nur endgültig von sich entfernen würde. Gerade weil seine Männlichkeit so sensibel und störanfällig war, wäre ihm jeder „Verrat" die ärgste Demütigung gewesen.
Also focht sie sich weiter durch seine schlechten Launen, die eigenartigerweise parallel zu ihren Bemühungen um Besserung zunahmen. Als Frau schien sie ihn überhaupt nicht mehr zu interessieren, und auch Lici dachte sich ihn schon längere Zeit nicht mehr als Mann. War sie doch von Vorstellungen an einen anderen geplagt; eine Berührung Pauls hätte sie jetzt größte Überwindung gekostet. Und doch sagte er einmal etwas, das ihr gefiel, obwohl sie sich ertappt fühlte: „Du leuchtest ja, meine Liebe. Aber nicht ganz von selbst, sondern wie der Mond, der sein Licht von der Sonne bezieht". Hatte er damit nicht auch gesagt, daß er etwas ahnte? Das erleichterte Lici; vielleicht war er viel verständnisvoller, als sie dachte, wollte sie nur nicht in diesen Wirren begleiten, sondern den Ausgang ihrer Zerrissenheit abwarten. Sie mußte gleich wieder an einem derartigen Edelmut zweifeln. Da wäre ja noch ein Paul vorhanden, den sie gar nicht kannte!
Bei alledem hatte Lici noch die Gewissenhaftigkeit, ihr Konzept umsichtig und detailliert auszuarbeiten, um es Herrn Wübler als ausgefeiltes Ganzes zu übergeben. Ausgefeilt zumindest, was ihren persönlichen Arbeitsaufwand betraf. Wie er darauf reagieren würde, ließ sie gelassen auf sich zukommen. Sie selbst war damit zufrieden.

Erstaunlich, wie nett und einfach dieser Herr ihr entgegenkam. Es war wohl nicht nur Routine gewesen, daß er, unsichere Anbieter gewöhnt, sie am Anfang feinfühlig unterstützt hatte. Er mußte bald gemerkt haben, daß er in Lici kein verschüchtertes Wesen vor sich hatte und wurde trotzdem nicht sogleich geschäftlich und „zur Sache" kommend; schien überhaupt unter keinem Zeitdruck zu stehen. Sie fühlte, daß er ein komplizierterer Charakter war, der sich beispielsweise durch laute, intensive Überzeugungsversuche bedrängt, bedroht vorkommen würde. Man aß zuerst einmal gemeinsam Apfelscheiben aus einem Teller. Die Sekretärin hatte sie mit solch gewohnheitsmäßigen Gesten und bereitliegendes Besteck wie im Schlaf dazulegend auf den Tisch befördert, daß sich Lici erst viel später bewußt wurde, Herrn Wüblers einfaches Mittagsmahl mitzuverzehren.
Schließlich war es beiden recht, als man dann doch das Eigentliche anging. Hatte Lici bis dahin gehofft, ein Gegenüber zu haben, das, rasch zu überschauen fähig, mit ihr zusammen die Genauigkeit ihres Konzepts belachen würde, so war sie nach einigen Gesprächsminuten erst einmal froh, darauf nicht vergessen zu haben. Hatte sie gleich anfangs die große Sensibilität in ihm verstanden, konnte sie sich jetzt doch nicht zurückhalten, ihn mit ihrer Überzeugtheit und ihrem ausschließlichen Dahinterstehen zu verschrecken. Immer wieder versuchte er, mit langsam geformten Sätzen, die er zum Fenster hinaus in die fernen Bäume richtete, ihre Überlegungen noch genauer, noch mehr in Hinsicht auf das Publikum wiedergegeben zu bekommen. Was war über sie gekommen, daß sie sich von dieser ersten Ausgangsbasis des Gespräches, von dieser Kommerzialität schon so provoziert fühlte? Wer erziehe denn wen, fragte sie plump, das Publikum die Medien oder die Medien das Publikum? Und mußte denn immer eines etwas anderes „erziehen"? Habe nun ihre Arbeit für ihn, Herrn Wübler, Qualität oder nicht? Allein darauf käme es

doch an (der Erfolg, war sie schon versucht zu sagen, der Erfolg im Sinne von Einschaltquoten sei dabei doch unwichtig!). Beherrschter gab sie auch kund, daß sie sich eine solche Sendereihe nicht unter diesem ihrer Meinung nach sowieso entgegenkommend schlichten Niveau vorstellen könne. Natürlich habe sie auch das Publikum bedacht, aber, sich selbst als Mittelmaß betrachtend, vielleicht zu wenig den „einfachen Menschen", von dem zu reden es ihn so sehr verlange, an den sie aber selbst nicht recht glaube; sie verstehe darunter nur die Herabsetzung einer Bevölkerungsschichte, die sich ihrerseits längst das Vertrauen erwarte, eigene Meinungen formen zu dürfen; und sei es auch vorerst noch ungewohnt.

Nun kamen Herrn Wüblers Kenntnisse über vorsichtiges Weiterbehandeln zum Vorschein. Für den Anfang, sagte er, sei er überrascht, schon mit solch exakten Ausführlichkeiten konfrontiert worden zu sein. Er blätterte dabei die Mappe geistesabwesend von vorne nach hinten und umgekehrt durch, wobei Lici beobachten konnte, daß er selbst A, B und C nicht richtig einzuordnen verstand, sich einer Übersicht noch ziemlich fern befand.

In ihrer engen Sitzgelegenheit mußte Lici, als die Sonne kurz durch die Wolken kam, an Leo denken: würde er ihre Meinung teilen? Interessierte es ihn überhaupt, was mit ihr geschah? Paul, vermutete sie, würde am Abend längst vergessen haben, was sie ihm beim Frühstück als Tagesgeschehen angedeutet hatte. Oder ließ er sie nur zappeln, abends, bis sie ihm das berichten würde, was er ihr von Anfang an prophezeit hatte?

Überraschend optimistisch schlug Herr Wübler mit beiden Händen gegen die Tischkante; Lici wußte, jetzt war die Zeit des Aufbruchs gekommen und erhob sich. Er würde die Mappe über das Wochenende mit nach Hause nehmen, sich alles – übrigens, hatte er vielleicht nicht genug die Erfreulichkeit des prompten Ablieferns ausgedrückt? – durch den Kopf gehen lassen. Ja, er sei sogar jetzt schon ziemlich eingenommen, von Minute zu Minute mehr, es handle sich nur noch um finanzielle Überlegungen, die Aushandlungen mit verschiedenen anderen Gremien. Aber nächste Woche, recht so? hätte sie eine klare Antwort von ihm. Sie gaben sich vor zwei gähnenden Sekretärinnen im Vorraum die Hände, er half Lici in den Mantel, und sie wunderte sich, daß dort, von wo das Volk seine täglichen aktuellen Informationen bezog, wenigstens nach außen hin solch ansteckende Lethargie herrschte.

Eine Woche kam Lici angemessen vor. Wie schnell würden die paar Tage vergehen; sie hatte genug neue Arbeit bei Kurt, sie würde Leo treffen, nicht nur das, sie würde ihn jetzt einmal klipp und klar fragen, wozu er sie überhaupt ständig sehen wolle? – Oder lieber nicht? Und Paul – es war schmerzlich, an diese verfahrene Situation zu denken. Sie machte wahrscheinlich alles falsch und konnte es doch nicht verhindern. Ein Entgegenkommen von ihm wäre sehr hilfreich gewesen. Einmal sollte er die Schicksalsergebenheit abschütteln können und ihr zeigen, daß er sie brauchte, sie wirklich mochte; einmal *nicht* Herr der Lage sein wollen und trocken zuschauen, wie sie sich wurmartig wand und reckte. Sie wußte doch insgeheim, daß auch er litt; warum konnte er es nicht zugeben? Womöglich würde Leo dann in ihren Augen jämmerlich zusammenschrumpfen, würde sie seine Anteilnahme nur als Heuchelei empfinden; sie war diesbezüglich ohnehin skeptisch. Konnte es sein, daß diese bedingungslose Hingezogenheit zu Leo hauptsächlich durch einen gewissen Ausdruck in seinem Gesicht, vielleicht auch durch ihm eigene empfindsame Gesten ausgelöst worden war, die sie schon immer vermißt hatte, aber die sie sich eigentlich an Paul gewünscht hätte? Schon in der ersten Zeit des Kennenlernens waren ihr Mängel an Paul aufgefallen. Aber das, was ihn anziehend machte, hatte damals überwogen. Irmi hätte bezeugen können, daß Lici sich schon anfangs Gedanken gemacht hatte, ob es

auch nur den geringsten Sinn habe, dem Partner über das, was er nicht besaß, Vorwürfe zu machen. Wenn jemand einfach nicht empfand, wann er den anderen verletzte, in welcher Art auch immer, es wiederholt tat und der ausgelösten Gekränktheit verständnislos zusah – dann war es doch zwecklos, sich darüber zu beklagen und ihm vorzuschreiben, wie er sich anders zu verhalten habe. Alles, was jene Person bestenfalls daraus beziehen würde, wäre die Ansicht, daß der Partner auf bestimmte, ganz normale Vorgänge höchst überempfindlich reagiere. Nein, man kann keinen erwachsenen Menschen ändern. Man kann nur bleiben oder gehen.
Und darüber mußten Paul und sie sich jetzt klar werden.

Tage, die man unbewußt mit Warten verbringt, können sich ziemlich dehnen. Wie schön war Leos Zuversicht bei all ihren Plänen, als sie sich eines Mittags zum Essen trafen. Wie übergangslos konnte Lici in seiner Gegenwart eine echte Plaudertasche werden, Erzählungen von sich geben, die nicht nur ihn, sondern auch sie selbst zum Lachen brachten. Leo war – wirklich „reizend". Und übertrug diese Eigenschaft auf Lici, die sich, wenn es ihr kurz gelang, etwas Abstand von sich zu bekommen, dabei fast widerlich vorkam. Sie hatte öfter die aufgezwirbelten Damen betrachtet und lächerlich gefunden; nun war sie es, die beim Reden übersprudelte, auch nicht lange auf Leos Antworten wartete; sie hätten womöglich unpassend oder, schlimmer, hohl sein können: Sie plauderte ihn sozusagen in Grund und Boden, um noch länger an seine Vollkommenheit glauben zu können. Oder es sollte zumindest genug erhalten bleiben, das die kleinen Fehler bedenkenlos entschuldigte, von liebenswerter Ausstrahlung war. Dieses Bestreben stand im Gegensatz zu ihrer Furcht, die ihm zugewandten Gefühle nicht mehr abschütteln zu können. Gab sie ihm denn Gelegenheit, sie darüber zu beschwichtigen?

Daher, Leo erschrak förmlich, er war gerade so angenehm in ihr Gescherze eingelullt gewesen, fragte sie ihn unvermittelt, warum sie nicht miteinander schliefen? Als habe sie ihm einen Heiratsantrag gemacht, errötete er zuerst einmal gründlich. Seine schönen braunen Augen riefen zum Plafond um Hilfe, während sich seine Hände wie zum Gebet ineinander verflochten. Was er ihr zu antworten gedachte, war dann an seinen geleerten Teller gerichtet, der sich dafür fleckig zur Verfügung stellte.
Lici hatte sofort Mitleid mit ihm, sie hätte alles gerne wieder rückgängig gemacht; wollte ihm das Haar streicheln und beteuern, daß sie eine dumme Gans sei, daß sie auf ihn ja wie eine Menschenfresserin wirken müsse. Habe er ihr doch von Anfang an nichts Verbindliches vorgegaukelt! Es war schrecklich, das gewöhnliche Schablonen-Denken hatte sie bezwungen. Gab es nicht die verschiedensten Beziehungen, mußten denn alle in eine der vorliegenden Kategorien passen? In diesem Falle in die des: „Miteinander ein Verhältnis haben"! Aber all ihr Jammer setzte zu spät ein, Leo sah auf und schien gefaßt, mit ihr zusammen der Wirklichkeit ins Auge sehen zu wollen. Und sprach darum:
Sie wisse doch über seine Verbindung zu Anneliese Bescheid. Es sei unmöglich, etwas zu zerstören, das man schon seit Jahren, seit dem gemeinsamen Studium, aufgebaut habe. All die Zukunftsvorbereitung, das lange Hinzielen auf eine berufliche Laufbahn, die nur durch Annelieses Hilfe möglich geworden sei. Amerika, die Aufgaben, die ihn dort erwarteten, sei ein Ergebnis ihrer beider Bemühungen! „Aber", griff Lici schnell ein, „aber wer spricht denn von Auflösung, wer wolle denn, daß sich etwas in seiner Laufbahn ändere, sie . . ." Doch in Leos Ausdruck so durch sie durch war eine Wehmut, die sie kurz, konnte es möglich sein, vermuten ließ, er könne doch etwas Stärkeres für sie empfinden. Wären sonst diese Ausführlichkeiten notwendig gewesen? Es handelte sich doch schlicht und einfach ums Miteinander-Schlafen.

Licis Wesen, sagte er, ihr Äußeres seien ihm angenehm. Ihr Frohsinn und ihre Freude am Erzählen ungeheuer aufheiternd; er würde sich gerne ab und zu mit ihr treffen, aber mehr eigentlich nicht. Als sein Blick auf das zerschlagene Gegenüber fiel, fügte er noch hinzu, sie müsse verstehen, daß er nicht „auf zwei Ebenen" leben könne. Welche Ebenen mochte er wohl meinen? Lici hatte noch nie das Gefühl von zugleich vorhandenen, unterschiedlichen Stufen in ihrem Leben gehabt. Einmal ging es besser, einmal schlechter; aber immer spielte sich alles zusammen auf der einen Ebene ab, auf der sie sich befand. Gleichzeitig wurde sie sich dessen jetzt unsicher ... Und, sagte Leo, eines hoffe er nur, würde sie nicht vermuten: daß er etwa schwul oder impotent sei. Wobei sie ihn etwas verlegen ansah, denn beides war ihr schon ein wenig in den Sinn gekommen. Wenn er „frei" wäre, würde er gerne mit ihr eine kleine Reise machen. Das war ein Angebot. Hätte sie sich dafür bedanken sollen? In ihren langsamen Versuchen zu begreifen, war sie wenigstens nicht in der Lage, auf diese Worte noch erfreute Reaktion zu mimen. Einerseits klangen seine Worte nach Verzicht und wehmütig, andererseits bagatellisierte er seine Gefühle zu ihr ... und, ließe er sich zu Intimitäten verleiten, würde sie sich, für ihn anscheinend unerträglich, im Kontrast zu Anneliese auf einer zweiten Ebene befinden? Sie versuchte, den Wirrwarr seiner Äußerungen als Zeichen seiner Unsicherheit aufzufassen. Der einzige Weg, sich momentan mit ihm zurechtzufinden. Wie ein beengtes Tier führte er seine Worte von einer Ecke in die andere, ergriff jeden Vorwand, der sich anbot; fraß sich damit voll, um baldigst Sattheit und Ruhe wiederzufinden, diese auch auf Lici zu übertragen. Offensichtlich war es für ihn eine schöne Bescherung, was sich da abspielte. Er saß gegen die Sessellehne gepreßt und während er sprach, drückte sein Gesicht strengste Abwehr aus. Aber ihr in die Augen zu sehen, vermied er; sie wußte, die wären weich und zärtlich geblieben. Den Tisch müßte Leo eigentlich schon aus dem Gedächtnis zu Papier bringen können. Lici staunte über ihre ungebrochene Kraft zu Einwänden. Nie hätte sie sich je ein derartiges Durcheinander von Verletzendem, pubertärer Verschrecktheit, oberlehrerhaften Erklärungen und Windungen in alle Richtungen gefallen lassen. Sie wäre gar nicht mehr hiergesessen. Alles kam ihr vor wie ein großer Irrgarten. Was sie so standhaft machte, war eine eigenartige Verzweiflung und die Überzeugung, daß sich Leo mit ihr zusammen in dem Irrgarten befand. Aber, fing sie von neuem an; habe sie sich also geirrt mit dem Gefühl, sie seien *beide* sehr voneinander angezogen? Woher denn, war seine Antwort, das sei eine dumme Frage. Was glaube sie denn, woran er Tag und Nacht denken müsse? Jetzt sahen sich beide ratlos an. Was ging denn bloß in diesem lieben verrückten Kopf vor, dachte Lici. Sie wiederholte ihr Angebot, dieser seltsamen Beziehung, die, das müsse sie ihn wissen lassen, bei ihr bereits zu leidenschaftlicher Verliebtheit tendiere, ein Ende zu machen. Und zwar, so stelle Lici sich das eben vor, durch eine einmalige Umarmung.

Daß er Geschäftsmann war, sah man an seiner Art, wie er, sich die Risiken ausrechnend, nun doch von ihrer Idee angetan zu sein anfing und leicht interessiert den Kopf hob. Lici bekam wieder etwas Schwung und stellte ihm als erfreulichstes Ergebnis ihrer beider Enttäuschung und erleichtertes Auseinandergehen vor Augen. Da er sich bereits ein wenig in seine Vorstellungen eingelebt zu haben schien, wies er diesen fatalen Ausgang sogleich eindeutig mit dem Gesichtsausdruck „ausgeschlossen" zurück. Offensichtlich freundete er sich mit dem so unwiderstehlichen und vielleicht insgeheim doch durchführbaren Angebot allmählich an, er machte Lici sogar auf die Möglichkeit einer Katastrophe aufmerksam, falls es ihnen nachher *nicht* gelänge, so zu tun, als sei nichts geschehen. Könne sie denn nachher ganz bestimmt zu ihrem Paul heimkehren und wäre völlig unverändert geblieben? Lici nickte überzeugt;

Leo hatte ja keine Ahnung, wie oft er schon mit Paul und ihr zusammen unterwegs, in Gesellschaft und im Bett gewesen war.
Also dann, Leo schien entschlossen zu sein, werde er – sich das Ganze überlegen.
Lici war ausgelaugt, als hätte sie eine schwere Schachpartie hinter sich. Diese unglaublichen Schlußworte lösten einen hysterischen Lachkrampf in ihr aus. Sie kam sich, nein, sie beide kamen ihr, wie sie da dumm saßen, so komisch vor; das Gespräch, soweit sie jetzt zurückdenken konnte, war ja ein reiner „Schwank" gewesen, so etwas sollte man direkt aufschreiben! Sie kicherte aber nur kurz, dann stiegen mit aller Wucht Tränen auf. Schnell erhob sie sich, streifte seine Hand und eilte aus dem Lokal.
Sie setzte sich in ihr Auto; sank hinter dem Lenkrad zusammen, als müsse sie den Wagen mit der zusätzlichen Bürde eines schweren Rucksackes in Bewegung bringen. Eine kleine Verschnaufpause noch, dann würde sie sich nach der Länge ihrer Parklücke umsehen, das Vehikel vor- und zurückschieben, irgendwie in den vorbeirasenden Verkehr einschleusen.
Einstweilen war sie zu kraftlos; saß nur da.
Dann wollte sie das Fahrzeug nach vorne lenken, maß den knappen Abstand zum Vorderwagen und fuhr mit einem Ruck nach hinten. Daß sie stark aufprallte, die Passanten die Köpfe herumrissen, berührte sie nicht.
Die vordere Seitentüre wurde geöffnet; Paul zog sie über die Schalthebel auf den Nebensitz, schloß die Türe, ging vorne um den Wagen herum und setzte sich ans Steuer. Er schaute sorgfältig vor- und rückwärts, blinkte, gab Gas; sie rollten dahin. Lici sah auf ihre Knie, beantwortete seine Frage, ob sie hier zu tun gehabt habe, mit einem Nicken. Er auch, er sei essen gewesen mit Rudi und Elmar, habe vor, sich eine lange Hose zu kaufen. Ob sie Zeit habe, ihn zu begleiten? Sie nickte wieder.
Paul führte sie mit einem Arm um ihre Schultern durch die

Gassen der Innenstadt, in der sie beide so gerne wohnten. Sie sahen in die Auslagen ihrer Lieblingsgeschäfte, Galerien und Kinoportale. Ab und zu fragte Paul nach Licis Meinung über diesen oder jenen Gegenstand; sah sich unüblich gründlich die Nacktfotos des Cabarets an und machte den augenzwinkernden Vorschlag, ob sie da nicht endlich einmal den Abend verbringen sollten? Sie mußte grinsen. Oder ob sie eine Ahnung habe, wie dieser Film sei, anschauen oder nicht? Lici begann wirklich darüber nachzudenken, erinnerte sich sogar irgendeiner Kritik, oder war es jemand aus dem Büro gewesen? Ja, sie denke, der Film sei nicht übel. Also gut, sagte Paul.
Im kleinen Geschäft des Schneiders setzte sich Lici sofort wieder auf einen Stuhl; Paul tauchte abwechselnd in unmöglichen Hosen auf und betonte irgendwelche Vorzüge: zum Beispiel die günstige Farbe für Hunde zum Draufpinkeln, der tiefe Hosenboden, geeignet für das ausgedehnte Gesäß bei langweiligen Familientreffen, eine andere zu kurz, aber praktisch, um seine schönen Männerknöchel zu zeigen u. s. w. Die längst bestellte, leicht umgearbeitete Hose verpackte inzwischen der alte Schneider sorgfältig und diskret schmunzelnd.
Sie gingen noch in ein Café, Paul schien ihre Schwerfälligkeit beim Versuch, ebenfalls fröhlich zu wirken, nicht aufzufallen. Der Gute. Gab es überhaupt noch einen Menschen, der kein Rätsel war?
Als jeder wieder zu seiner Arbeit ging, hätte sie noch gerne länger seinen Arm um die Schulter gehabt.
Ob er eine Freundin hatte, war Lici eigentlich unwichtig. Hatte er doch immer Zeit, wenn sie zusammen etwas unternehmen wollten; er kam wie immer abends nach Hause. Auch sein Wesen hatte keinen Zusatz erhalten, der auf etwas Ergreifendes in Pauls Leben schließen ließ. Sie bildete sich ein, so etwas an ihm bemerken zu müssen.
Allerdings hatte er eine große Zahnlücke, mit der er seit Jahren sie und die Umwelt beim Lachen beglückt hatte, die

von seinem Zahnarzt als für einen Mann in seiner Position unwürdig erklärt und dennoch behalten worden war, unlängst in schönem Weiß verschwinden lassen . . . Und warum sollte er sich nicht manchmal woanders erfreuen, wo sie beide sich doch längst aneinander vorbeischoben; sich jeder, selbst dazu unfähig geworden, insgeheim aber hoffnungslos vom anderen erwartete, wieder einmal mitgerissen zu werden.

Nicht nur bildlich gesprochen, dafür war Lici heute ein offensichtliches Beispiel gewesen, schleppte einer den anderen nur mehr ab, zog ihn mit, solange er selbst noch konnte.

Die zwei, drei Bekannten auf der Straße, denen sie zugewinkt oder die Paul im Stehenbleiben mit kleinen Scherzen bedacht hatte, mußten sich unter ihnen eine beglückende Verbindung vorgestellt haben. Und Lici dachte an viele befreundete Paare; war heute so empfindlich, daß ihre Fantasie selbst vor deren Betten nicht haltmachen konnte. Alle taten ihr mit einem Mal so leid, stiegen nicht schon wieder Tränen in ihr auf?

Jetzt war er ihr sehr willkommen, Kurt Hellmuth, der wie zufällig durch ihr Zimmer lief, dastand und nicht zu wissen schien, was er hier ursprünglich gewollt hatte. Sie würde ihm in seiner Neugierde beistehen und über ihr Treffen mit Wübler Genaueres erzählen. Kurt hatte es so gerne, wenn er einem konkreten Ansatz seine eigene selbsterfundene Weiterentwicklung anstückeln konnte. Da er aber auf die Anerkennung seiner seherischen Kräfte großen Wert legte, vergaß er nie, gleich mehrere End-Szenen zu erfinden; damit vergrößerte sich die Chance, von anderen seine Voraussicht bestätigt zu bekommen.

Er war zu dick und zu unhübsch, um jemandem wirklich vertrauen, jemanden unverblümt gern haben zu können. Und schielte dabei allerorts sehnsüchtig nach Anerkennung und Warmherzigkeit.

Obwohl es schon fünf Tage her war, Lici hatte damals, an

ihren Arbeitstisch zurückgekehrt, Kurt nur knapp die Übergabe ihrer Mappe bestätigt, erzählte sie ihm nun den Ablauf dieser Unterhaltung und von Wüblers, oh ja, ein angenehmer Mensch, Zusage, ihr in einer Woche Antwort zukommen zu lassen. Kurt rechnete sich im Kopf den baldigen Termin aus und fragte Lici besorgt, ob sie sich auch möglichst „nett" verhalten habe. Man müsse im Leben immer wieder ein Auge zudrücken, dazu könne man sich umso leichter überwinden, wenn man bedenke, welchen Belastungen höherstehende Persönlichkeiten tagtäglich ausgesetzt seien. Herr Wübler könne viel bewirken; für Lici eine richtige Karriere, für die Firma einen noch besseren Ruf, gute Aufträge. Aber – auch dieser Herr habe Vorgesetzte, die wiederum, wie ihr bekannt sei, bis hinauf in die Politik ihre Spiele trieben . . . Allerdings, zu trauen sei wirklich keinem, er hoffe, Lici sei auch wieder nicht allzu nett gewesen, solchen Herrschaften dürfe man das Machtgefühl nicht auch noch niedergebeugt bestätigen; ganz im Gegenteil, hoffentlich habe sie Wübler ziemlich kühl behandelt, die Firma Schafter & Co. sei schließlich nicht abhängig von läppischen Hirngespinsten, die, von irgendeinem erdacht, unter ihren Händen möglichst zur Idee des Jahrhunderts gedeihen sollten! Wunder könne man nicht vollbringen, Arbeit sei getan worden; die Zeit möge nun ihr Werk tun!
Von sich selbst in flugähnliche Armschwünge versetzt, wallte Kurt aus dem Raum, und Lici hoffte, für heute nur mehr unbehelligt ins Bett und in einen tiefen Schlaf hineinzufinden.

Am nächsten Tag bei Irmgard in der Küche zu sitzen, ihr beim Kochen zuzusehen; hinzuschnuppern, sich wohlig des strengen Verbotes bewußt, ihr in irgendwelcher Weise behiflich zu sein, war sehr angenehm für Lici. Da wurde mit Töpfen herumlaboriert, der Herd zu großer und kleiner Hitze reguliert, geschält und gehackt. Dennoch hielt das

Irmgard nicht im Geringsten vom Reden ab; sie hatte wie üblich eine Menge Gesprächsstoff und ließ einen nur dahocken und zusehen. Lici kam sich so schön in ihre Kindheit zurückversetzt vor, als sie der Mutter noch zusehen durfte, ohne auch sogleich um Handreichungen gebeten zu werden. Sie wurde außerdem kindisch genug, gar nicht mehr genau zu begreifen, was Irmi da tat. Was hatte sie wohl mit den Kartoffelscheiben vor, die sie, mit saurem und süßem Rahm übergossen, ins Rohr schob? Wozu würde der gehackte Dill, die vielen geschnittenen Zwiebeln dienen? Wie gut roch es, wenn die Freundin ein, zwei Deckel hob und, über den Dunst gebeugt, ernst die einzelnen Fleischstücke umsortierte, da und dort Gewürze dazustreute.

Wenn Lici gewollt hätte, wären ihr kleine Varianten beim Erzeugen dieser Speisen eingefallen, sie hätte Irmi davon berichten, mit ihr Vor- und Nachteile bereden können. Aber so blieb sie gern beim Zuschauen, durfte schon an einem Glas Wein nippen und sich verhätschelt fühlen.

Lisa kam manchmal zur Tür herein, hatte aber für die schöpferischen Vorgänge hier wenig Interesse, schien nur kurz die Situation zu erfassen und, den Aschenbecher ergreifend, es besser zu finden, im Augenblick wieder friedlich zu gehen. Als sie zum dritten Mal hereinsah und auch nicht Anzeichen zeigte, eventuell den Tisch zu decken oder sich wenigstens den beiden als Küchengruppe anzuschließen, fragte Irmgard, die Nase über einer der köchelnden Beilagen, was denn nun eigentlich los sei! Wenn sie Hunger habe, solle sie warten; besser noch für die morgige Schularbeit weiterlernen. Aber nicht ständig die Türe aufreißen und ihre Mutter damit nervös machen. Lisa sah vorsichtig zu Lici, in welcher Verfassung die wohl sei. Zwei Furien wären bei einer ihrer Eröffnungen zu viel gewesen. Und doch: Also, Fritz, ihr Freund, sei wohl in den nächsten Minuten zu erwarten, er habe wunderbare Kinokarten – wie ihre Mutter konnte Lisa in Windeseile den

Inhalt des Filmes als besonders wertvoll und die Darsteller als ihre uralten, unversäumbaren Lieblinge schildern – und dieser Film würde in zwanzig Minuten beginnen. Damit sei sie für das Essen nicht einzukalkulieren, das Gelernte für morgen, übrigens weit mehr als genug betrieben, abgeschlossen; ein anschließender Besuch in der Diskothek, den sie aber, Ehrenwort, so kurz wie möglich halten würde, sehr wahrscheinlich, und: Außerdem sei Fritz noch immer Fritz, es tue ihr leid, liebe Mutter, den mochte sie aber noch immer sehr. Aha. Jetzt konnte sich Lici nur noch ein zweites Glas Wein einschenken, was kommen würde, war mit Sicherheit unerquicklich. Also immer noch Fritz, stellte Irmi empört mit dem Kochlöffel in der Hand fest. Also immer noch der Unmensch mit Sturzhelm und Motorrad, der sich wahrscheinlich auch in voller Montur schlafen legte . . . Lisas maliziöses Lächeln brachte Irmi völlig aus der Fassung, sie schmiß ihr den angepatzten Löffel hin beziehungsweise nach, denn Lisa hatte sich geschickt hinter den Türrahmen verzogen. Aber gleich tauchte ihr hübsches Gesicht wieder auf, mit dem milden Ausdruck einer Krankenwärterin, in einer Hand aufrecht wie eine seltene Rose den Kochlöffel. Sie schlich wieder in die Küche, ihre Mutter anlächelnd, als habe diese tatsächlich eine Sache mit einer ganz anderen verwechselt. Sie würde sich in Fritz gründlich täuschen! „Lici!" (Auch das noch, nun galt es, Partei zu ergreifen.) „Lici, sei doch bitte du objektiv und bringe die Mutter zur Vernunft!" Lici wußte nicht recht, wie. Da sie diesen Fritz nicht kannte, wollte sie ihn auch nicht nur wegen seines Motorrades verdammen. War er denn hübsch? Ein Blick von Irmi, der sie hätte abstechen können. Dafür hatte Lisa wiederum ein triumphierendes Heulen bereit; gleichzeitig ihrer Mutter, die sich schon langsam elend vorkam, auf die Schulter klopfend. Das sei nämlich, Lici kramte rasch in ihrem pädagogischen Vokabular, nicht ausschlaggebend. Alles Trottel, diese feschen Lederhosenhelden. Könne sie sich denn überhaupt gut mit ihm unter-

halten, war sie sich, Lisa solle ihre Jugend bedenken, sicher, ob nicht seine Kluft, wahrscheinlich sein niederschmetterndes Auftreten im Gegensatz zu Lisas zahlreichen anderen Verehrern das sei, was sie am meisten anziehe? Lisa kratzte mit einer Gabel Reste aus einer entleerten Schüssel, es mußte scheußlich schmecken, schließlich war es nur die kalte Mischung aller Zutaten für die Soße gewesen. Sie schenkte Lici zum Dank den sagenhaft gleichgültigen Ausdruck völliger Gehörlosigkeit. Irmi, zwischen ihren Töpfen aus dem Rhythmus gekommen, rührte bald hier und bald dort, es rauchte und quoll an allen Enden; was sie schließlich zu einer analytischen Konzentration zu zwingen schien, mit deren Sprache sie Lisa nun höflich bat, diesen Raum zu verlassen und sie Herrn Fritz, sobald er käme, ein paar private Worte sagen zu lassen. Damit schien Lisa hellauf zufrieden, sie warf die Gabel noch kunstgerecht über zwei Meter hinweg in das Abwaschbecken und war schon draußen; nicht ohne noch einmal kurz zu öffnen, um, mit Betonung des ersten Wortes „*Herr* Fritz" hereinzuhauchen. Dann wurde die Türe endgültig zugedroschen.
Irmi kochte stumm weiter, Lici schmeckte der Wein nicht mehr, und man konnte ahnen, daß das Essen, des intuitiven Einspringens der Köchin verlustig, nun seinen eigenen Weg bis zur höchst waghalsigen Fertigstellung gehen müsse.
Fritz kam auch sogleich; er klingelte mindestens dreimal hintereinander und stand dann einfach da, in all dem Dunst, als würde er gerade darangehen, irgendein „Imperium" zurückzuschlagen. Er gab den Damen höflich die Hand, wobei er zuvor seinen Sturzhelm mit gekonnter Gebärde von der rechten in die linke Armbeuge verlagerte. Sein frisches Gesicht, die blonden dichten Haare und – wirklich imposant – dieser gutausgebildete Körper unter dem Ledergewand wirkten wahrlich erfreulich auf Lici. Sie bot ihm ein Glas Wein an, als sei sie hier die Gastgeberin, und gab es ihm, sich beiden zur Strafe, dann dafür nicht.

Sein Lächeln und die Gewichtsverlagerungen von einem Fuß auf den anderen lösten in Irmgard nicht die geringste Milde aus, sie waltete noch ein wenig am Herd, nahm dann seinen Lederarm und schob ihn mit sich aus der Küche, schloß die Türe.
Es dauerte nicht lange, da fiel draußen das Eingangstor zu, und Irmi war sogleich wieder über ihre vergänglichen Schöpfungen gebeugt. Als Lici sie fragte, was sie ihm denn schließlich gesagt habe, fing Irmgard zu kichern an. Also was? Irmi lachte immer mehr. Na? Irmi schüttelte es so sehr, daß sie über den Herd zu sinken drohte. Endlich ließ sie sich in einen Sessel fallen und wischte sich die Lachtränen aus dem Gesicht. Dann verschnaufte sie, bedachte Lici mit einem schuldhaften Versager-Blick und sagte: „Er soll vorsichtig fahren!" Unter kreischendem Gelächter schenkten sich beide Wein nach.
Es wurde doch noch ein gemütlicher Abend. Karl, der telefonisch das Bedürfnis nach seiner Anwesenheit erfragte, wurde freundlichst auf morgen verschoben.
Lici versuchte, ihre Freundin von den durchaus positiven Eindrücken zu überzeugen, die, einmal von einer anderen Warte aus betrachtet, Lisas eigenwillige Vorgangstaktik und ihre zähe Unablässigkeit in gewissen Dingen auf sie machten. Mußten sie denn früher nicht alle erst von selbst der unterschiedlichsten Typen überdrüssig werden? Was konnte sie durch Verbote bei Lisa anderes als Heimlichtuereien erreichen? Irmgard schickte ihr über den Tisch hinweg ein zweifelndes Seufzen zu; sie zuckte dabei mit den Schultern, als wisse sie zur Zeit überhaupt nicht mehr, was richtig sei oder falsch.
Das Essen war trotz allem gut gelungen, und Irmi reagierte sich noch etwas mit stets verfrühtem unaufhörlichem Nachschöpfen ab. Bald wurde dieses Thema als für heute unlösbar beiseite geschoben.
Lici fühlte fast bedrohlich, daß nun in Irmi die Neugierde über ihr höchstpersönliches Befinden hochstieg. Wie

erleichternd war es doch immer gewesen, ihr alle möglichen Dinge zu erzählen; man konnte dabei ohne weiteres kleine eigene Schlampereien, Fehler und Rücksichtslosigkeiten übergehen, stundenlang eine Sache besprechen, ohne das eigene Versagen als bedeutungsvoll angeben zu müssen. War Lici eine Ungerechtigkeit widerfahren und begann sie zuerst mit gemischten Gefühlen darüber zu sprechen, der eigenen Schuldlosigkeit nicht ganz sicher, so konnte sie sich schon nach wenigen Minuten getrost in der Ansicht unterstüzen lassen, daß sie eindeutig zum Opfer geworden war. Aber über Leo, auch Paul, wäre Lici, heute zumindest, unfähig gewesen, etwas zu äußern. Wie leicht wäre aus Leo ein großer Scharlatan geworden, der bei Irmi nur Besorgnis und höchsten Protest erregt hätte! Allein das letzte Gespräch zu erwähnen, so distanziert sie es auch versuchen würde – Irmi wäre rasch zu dem Ergebnis gekommen, daß sie einem Hirngespinst nachrenne. Was könne sie denn an Zuwendung, an Beweisen echter Zuneigung auftischen? An welch hohle Nuß verschwende sie denn ihre Gefühle? Sei sie sich dessen bewußt u. s. w. . . . Und aus Paul wäre wie immer der Gedankenlose geworden, der nie wußte, was er an Lici hatte. Solchen Gesprächen wich Lici heute aus; sie durfte sich dafür, vom Wein leicht eingeschläfert, Karls Eigenarten und Liebenswertigkeiten anhören. Da diese Verbindung Irmi offensichtlich nicht auf Wolken schweben ließ, wurde der Arme sogar noch zum Objekt für verschiedene Heiterkeit.
Und doch wußte Irmi nun, wo Licis Schwachstellen lagen. Sie war in einer strapaziösen Zeit des Wartens. Warten auf beruflichen Erfolg, Warten auf eine entscheidende Wendung zwischen ihr und Paul, Warten darauf, wie eine mysteriöse Beziehung ausgehen würde, über die sich Lici nicht recht äußern wollte. Außer, daß dieser Mensch verreist sei und währenddessen über etwas „nachdenken" wollte, das für Lici von Bedeutung zu sein schien. Für alles würde Lici viel Geduld und abermals Geduld brauchen.

Lici war, als sie ging, beschämt. Hauptsächlich darüber, daß die Freundin sich aus dem wenigen, das ihr entschlüpft war, so schnell einen zutreffenden Reim gemacht hatte; und darüber, daß sie es so oft gewollt und nie gelernt hatte, viel mehr für sich zu behalten. Selbst wenn sie versuchte, im Erzählen die Dinge nur vage zu streifen, kam sie sofort ins Fabulieren, wurde sich selbst so „untreu". Es war wirklich unfaßbar, daß man selbst einer Person wie Irmgard, die bereit war, alles erst einmal stumm anzuhören, nie etwas so erzählen konnte, wie man es wirklich empfand. Schon die wenigen Angaben, die man liefern mußte, schufen ein eigenes Bild, das, ob man wollte oder nicht, bereits die Tatsachen verzerrte. Die Gedanken und eigenen Regungen widersprachen diesem Bild bereits, doch je mehr man es zur Wahrhaftigkeit zurückzuholen versuchte, desto mehr entglitt es einem. Zuletzt hatte man das Gefühl, einen Irrtum preisgegeben zu haben.

Die Situation mit Paul veränderte sich überraschend schnell. Schon am nächsten Tag, beide hatten abends das Bedürfnis nach öffentlicher, nicht-privater Umgebung, aßen sie beim „Italiener" gleich um die Ecke. Bald war ihnen jeder harmlose Gesprächsstoff ausgegangen, und sie fingen an, verstohlen die Leute rings um sich zu betrachten. Wodurch sie wiederum für die anderen bemerkenswert wurden und sich erneut einander zuwandten (auf die Uhr zu schauen, hatte keinen Sinn, sie waren erst seit kurzem da; sie hatten bald gegessen, der flinke Ober sie als Wohlbekannte besonders eilig bedient), gemeinsam einen Schluck Rotwein nahmen. Lici rauchte dann, Paul beschnitzte seine Zigarre, stieg auf Licis Zehen, sah unter das Tischtuch und entschuldigte sich. Er hatte sie für die Fußleiste gehalten. Macht nichts, macht nichts . . . Wo waren die Zeiten, als sie noch die Knie gegeneinander rieben, unter dem Tisch, mitten in Gesellschaft; sich ganz nahe fühlten, obwohl sie mit anderen Leuten sprachen.

Als der Zeitungsmann zwischen den Tischchen kreiste, hob Paul einen Finger, um auf sich aufmerksam zu machen, dann zwei, was die beiden verschiedenen Tageszeitungen betraf. Er legte ein Geldstück hin, nahm die Blätter entgegen, und Lici, die auch etwas beitragen wollte, sagte noch überflüssig „danke" zu dem bereits abgewandten dunklen Menschen. Jetzt hätte noch gefehlt, daß jeder sich ein Blatt genommen und zu lesen angefangen hätte. Paul war es auch flugs gelungen, die Überschriften aufzuschnappen, dann faltete er aber doch alles zusammen und steckte das Paket in Licis offene Tasche.
„Also, was nun?" sagte er, den Oberkörper mit gekreuzten Armen auf den Tisch gestützt, die Zigarre zwischen den Fingern. Er konnte so gut die beiden Rauch-Finger hochspreizen und gleichzeitig eine Faust machen, fiel Lici auf. Es lag an ihr, nun einen Bummel, Heimkehren, was auch immer, vorzuschlagen – oder dieser Frage in ihrer zweiten Bedeutung zu begegnen. Aber nicht so schnell, langsam, langsam; sie antwortete vorerst nur: „Also was?" Und so sahen sie einander länger an. Paul gelang es, einen wunderbaren Ring aus dem Mund herauszulassen und ihn ihr zuzublasen. Es war auf einmal ganz einfach, zu fragen: „Weißt du eine Lösung?" und, als er den Kopf senkte, das ebenfalls zu tun. Dann sagte er, daß er nichts mehr tun könne. Er wisse selbst nicht, woran es liege, daß ihnen alles verlorengegangen sei. Er wolle aber gerne noch zuwarten; vielleicht solle man das nur als vorübergehende Krise betrachten. Allerdings müsse sie, Lici, sich nun etwas einfallen lassen. Was ihn angehe, sei alles leer; er finde es nur unsäglich schade, wenn es zu Bruch ginge, wenn sie es nicht geschafft hätten. Aber woher denn nehmen, sagte Lici, was erwarte er nur von ihr; wo er doch selbst auch nichts mehr geben könne? Ihre Lage sei der seinen so ähnlich!
„Und doch", war seine Antwort, „trete ich auf der Stelle, kann mich nicht weiterbewegen, und du – dich zieht es wohin wie einen Wasserfall, mit einer Kraft, die ich nicht

aufhalten kann!" Lici war bestürzt über diese Worte; sie trafen voll in ihrer Wahrheit und noch mehr mit ihrer schönen Formulierung. Paul! Aber sie durfte jetzt nicht abspringen; ein guter Satz, und hätten sie beide heute nur mit solchen weitergeredet, war auch keine Lösung. So fragte sie ihn, ob er damit etwas Bestimmtes meine? Nein, gar nicht, ganz allgemein. Obwohl es sein könne, daß sie durch etwas ganz Bestimmtes wegkatapultiert worden sei. Er denke, sie sei als Frau an einem Punkt angelangt, an dem er ihr einfach nicht mehr, zumindest wie früher, Begleiter sein könne. Er habe seine Grenzen erreicht, sei in ihrer Beziehung zu nicht *mehr* fähig, als sie in den vergangenen Jahren habe feststellen können. Er dürfe wiederum auch nicht von ihr verlangen, rückwärts zu gehen; wer weiß, vielleicht sei er eine Blockade – Licis Mundaufreißen und Dementieransätze verhinderte er, indem er seine Hand vor ihre Lippen hielt –, eine Blockade für sie. Und wenn auch ihr Leben ohne ihn nichts Besonderes hervorbringen würde – er habe sie dann wenigstens nicht davon abgehalten, es zu versuchen. Sie brauchte sich später keine Vorwürfe zu machen, nicht wirklich versucht zu haben, etwas aus sich zu machen. Und ihn dafür zu hassen. Denn noch tue sie es ja nicht, oder?

Es schmerzte viel mehr, wenn der andere aussprach, was man sich selbst gar nicht zuzugeben getraut hatte. Sie konnte ihm nur mehr stumm über die Hand streicheln; ihre Impulse waren Berge von Zärtlichkeiten, für die es jetzt keinen Sinn mehr gab. Es war ihr, als würde sie sich über einen Toten werfen wollen, um ihm ihre ewige Zugehörigkeit und ihren Glauben an die Zukunft zu beteuern, obwohl die Bedingung dafür, das Leben, schon fehlte.

Beide waren nun sehr erschüttert; aber Paul brachte diese Eskalation vorzeitig zum Abbruch, indem er grobe Streu ins Getriebe warf. Er gab Lici seine Vorschläge kund, wie man eine Trennung am besten und am wenigsten schmerzhaft angehen müsse. Sie könne in der Wohnung bleiben (er

konnte sich nicht zurückhalten, eine sicher bald dort einziehende Person zu erwähnen und Licis Aufbegehren gleich wieder mit der Hand wegzufächeln; unter den Begleitworten eines kläglichen Charmeurs: daß sie doch immer noch attraktiv sei, auch wenn er persönlich sie in dieser Hinsicht zuletzt nicht sehr davon überzeugt habe) – Paul selbst werde vorerst in die alte Wohnung zurückkehren, in der sie die ersten, waren es nicht auch für sie die schönsten? Jahre verbracht hatten. Alles würde schnell und schmerzlos vor sich gehen. Die Freunde würden sich daran gewöhnen müssen, die Verwandten ... hätten sie denn ihre gemeinsamen Jahre für die anderen gelebt? Zu allem, was er sagte, hätte Lici auf den Tisch klopfen und „ganz recht" rufen mögen; und doch war sie von seiner Umsicht, die auch von längeren Vorüberlegungen zeugte, erschreckt. War es möglich, daß etwas so schnell aufzulösen war, was man in vielen Jahren wiederholt und mühsam zur Einheit gekleistert hatte? Allerdings – die Zeiten der Arbeit daran hatten die Zeiten überwogen, in denen man sich dieser Einheit auch erfreut hatte ... Paul hatte recht; je schneller nun, desto besser – ganz, ganz sicher!
Sie hörte sich jetzt schon selber einige Für und Wider bei seinen Vorschlägen unterbringen; fragte bange nach dem alten Bauernhof, der zu vielen glücklichen Tagen beigetragen hatte und den sie sehr mochte, obwohl er Pauls Eigentum war – und war entrüstet über ihre so rasch dahergekommene und sich gleich häuslich einrichtende Erleichterung, als er betonte, daß er weder an Verkaufen noch an ein Besuchsverbot für sie denke. Als Paul auch noch anfangen wollte, ihr gute Tips zu geben, wie sie die Wohnung ohne die Möbel, die er mitnehmen wollte, am günstigsten umstellen, kleine Veränderungen anbringen könne, machte sie aber Schluß. Was da in seinen Augen funkelte, war dasselbe, das sie früher an ihm beobachtet hatte, als es noch darum gegangen war, etwas Gemeinsames „einzurichten".

Schließlich war dieser Abend für sie beide beendet. Sie gingen gemeinsam nach Hause, legten sich gemeinsam zu Bett, hielten sich noch traurig an den Händen und schliefen müde ein: wie Brüderchen und Schwesterchen.
Schon die nächsten Abende verbrachte Paul mit dem Aussortieren und Einpacken von Dingen, die er mitnehmen wollte. Lici half dabei, setzte sich gelegentlich zu ihm zwischen die Kisten. Manchmal erinnerten sie sich, wo sie dies oder das erstanden hatten; manchmal protestierte Paul, er habe jenes schon längst besessen, bevor sie sich überhaupt kennengelernt hätten; einige Male konnte Lici ihn davon überzeugen, daß er den einen Gegenstand mit einem anderen verwechsle. Oft mußten sie sogar lachen, welcher Plunder sich im Laufe der Zeit angesammelt hatte, und beide konnten sich daran erinnern, daß sie beim Beziehen der schönen großen Räume vorgehabt hatten, alles möglichst hell und leer zu lassen. Und nun – allein mit den Lampen oder Stühlen hätte man ein ganzes Geschäft anfüllen können. Lici bedauerte bei keinem Gegenstand, daß er ihn mitnahm. Sie wollte nun wirklich, daß es hier leer würde. Trotzdem tat ihr seine Absicht, den Großteil davon einfach zu verkaufen, weh: Wildfremde Menschen würden sich also bald mit Dingen umgeben, in denen sie sich zu räkeln gewöhnt war, die sie unzählige Male abgestaubt, zurechtgerückt oder mit Blumen gefüllt hatte. Andererseits fand sie es lächerlich, sich nicht von ans Herz gewachsenen Objekten trennen zu wollen, wo doch ein so einmaliges Subjekt, nämlich Paul, ungehindert weggelassen wurde.
Jedesmal, wenn sie von ihrer Arbeit heimkam, waren wieder einige Stücke abtransportiert; allmählich schrumpfte das Inventar zu dem Restbestand, mit dem sich Lici begnügen wollte. Was sie in dieser neuen Zeit brauchen würde, ein paar Stühle, ein Tisch und das Bett, war geblieben. Die Bilder wurden abgehängt, die weiße Mauer von ehemals hatte sich zur Erinnerung bräunliche Umrisse bewahrt. Lici konnte nun mit großen Schritten Strecken geradeaus

zurücklegen, die früher einem Hindernislauf geglichen hatten, mit den vielen unnützen, zur Ablage von Täschchen oder Feuerzeugen, formschönen Aschenbechern oder Blumenvasen dienenden Tischchen, Gestellchen; selten benützten, Platz versperrenden Sitzgruppen . . .
Und eines Tages war es endgültig leer. Selbst Paul war, vom angelweiten Öffnen der Türen und warnenden Zurufen an die Transporteure beansprucht, unversehens, ohne rechte Verabschiedung aus diesen Räumen mitverschwunden.
Da stand sie nun und war nicht einmal traurig. Nur neugierig, wie es ihr gelingen würde, weiterzuexistieren. Sie war jetzt allein und „gehörte" zu niemandem mehr. Aber was konnte schon passieren? Schlimmstenfalls würde sie eben „zugrundegehen". (Sogleich hörte sie Paul, wie er sie bei solchen Überlegungen sofort als unreif und verantwortungslos bezeichnet hätte.)

Im Beruf hatte Lici keine großen Aufgaben. Kurt kam immer wieder mit öder Kleinarbeit; hauptsächlich, um ihr die Tage vorzurechnen, die Herr Wübler über den vereinbarten Termin hinaus bereits versäumt hatte, mit einer Antwort herauszurücken. Lici beschwichtigte ihn jedesmal damit, daß sie, obwohl sie diesen Menschen nicht gut kenne, sicher sei, daß er unabsichtlich, durch irgend etwas Bedeutendes verhindert, noch nicht dazugekommen sei, ihr Bescheid zu geben. Es sei das einzige, das sie an ihm eindeutig zu erkennen imstande gewesen sei: ein aufrechter, unverwinkelter Charakter, der in seinem Beruf gut taktieren müsse, aber ein gegebenes Wort verbindlich wie eine schriftliche Unterlage einhalten würde. Kurt ließ sich trotz seines zweifelnden Gemurmels von Licis Überzeugtheit gerne anstekken und nahm ihr wie zur Entschuldigung den größten Stumpfsinn, den er ihr zur Überarbeitung hingelegt hatte, wieder ab. Hätte er nur gewußt, wie sehr Lici selbst auf irgendein Unternehmen wartete, das sie von den Grübe-

leien über Themen, die ständig nur sie selbst betrafen, ablenken würde! Ob das jetzt die Annahme ihres Konzeptes oder die Einladung zur Teilnahme an irgendeiner Expedition gewesen wäre, war ihr gleichgültig. Vielleicht nicht ganz ihrem Stolz, der hätte sich von einer Ablehnung durch Herrn Wübler schon ziemlich getroffen gefühlt. Sie wartete täglich genauso angespannt wie Kurt.
Dazu kam, daß auch Leo nichts mehr von sich hören ließ; seine Reise mußte längst zu Ende sein. War er mit dem „Überlegen“ noch nicht fertig, oder hatte er nicht mehr genug Humor, sie auch ohne einen „Entschluß“ fröhlich wie sonst anzurufen? Beispielsweise als Sachbearbeiter ihrer Steuernummer, um ihr mit verstellter Stimme baldige Einkerkerung anzukündigen. Als Prof. Dr. Sowieso, der sie zwar nicht zu dieser Tagesstunde stören wolle, ihr aber mitteilen müsse, daß ihr Blutbild nach der letzten Überprüfung – ganz ausgezeichnet sei! Als Polizist, der streng nach der Autonummer fragte und sie wegen einer Parksünde tadelte, die sie mit ihrem silbernen Rolls-Royce begangen habe. Wie gut konnte man mit Leo dann weiterverhandeln, sich sofort in die zugewiesene Rolle hineinversetzen; und ließ das Verstellen dann nach, sich erkundigen, wie es einem denn gehe? Wann man sich wiedersehen könne? Nichts dergleichen nun. Wenn Lici abends in die leere Wohnung kam, schien sie ihr wie eine Bestätigung ihres Allgemeinzustandes. Sie mied die Leute, ging früh zu Bett.
Dabei klingelte an ihrer Arbeitsstelle morgens bis abends häufig das Telefon für sie. Fassungslose Anfragen sämtlicher besseren und schlechteren Bekannten; die Bestätigung der Trennung wurde durchwegs mit dem Ton des Bedauerns, ja wehleidigen Jaulens beantwortet, der einer Kondolation glich. Lici scherzte immer unartiger zurück und beteuerte wiederholt, daß es eine ganz und gar gelungene Entscheidung gewesen sei, Paul und sie seien nach wie vor gute Freunde, ihr selbst gehe es ausgezeichnet und so

fort . . . Manche Damen, nicht nur alleinstehende, konnten sich eines kleinen Hoffnungslautes nicht erwehren und fragten Lici teilnahmsvoll nach Pauls neuer Nummer, sie wollten auch ihm gerne ihr Mitgefühl ausdrücken. Diese Schlangen! Aber aber, war sie jetzt womöglich eifersüchtig? Lächerlich! Ja ja, rief sie zurück, Paul würde über den Anruf entzückt sein, ja natürlich sei er ein so Lieber! Die Damen verabschiedeten sich leicht belebt, konnten sie doch unverhofft ein neues Ziel anpeilen!
Was Lici vor Mißgunst bewahrte, war, daß auch sie plötzlich bei zahlreichen Männern von einer schon immer schlummernden Zuneigung erfuhr; tröstende Abendessen wurden ihr angeboten, kuschelige Grill-Stunden zu zweit, die Gattin sei mit den Kleinen auf Erholung. Ausgehangebote nahm sie sogar hin und wieder an, um sich nicht zu sehr ans Verkriechen zu gewöhnen. Wie ein schlimmes Kind putzte sie sich dafür heraus und versprühte dann ihren Charme über beglückte Gockel, die, erwartungsfroh wie sie waren, später vor dem Haustor kühl und sachlich verabschiedet wurden. Dieses Tor war im übrigen ein Heiligtum. Hatte sie Leo dort nicht das erste und einzige Mal mit den Lippen berührt? Vandalen!

„Wuzel“, wie man ihn nannte, war einer der Geschicktesten. Wenn man sich nicht lange mit feinen Empfindungen auseinandersetzen wollte, war er die Inkarnation eines „Mannsbildes“. Er hatte etwas abschreckend Grausames in seinen geschliffenen Nachstellungen; er besaß großen Zynismus und vertrug es ausgezeichnet, wenn man ihm solchen als Antwort zurückwarf. Als würde er sich gerade lächelnd eine Portion Schlagobers aus dem Gesicht wischen, kam er erfreut näher; tauchten dann nur noch unnachgiebigere Züge in ihm auf. Und als Leo durch sein Schweigen in Lici die größte Niedergeschlagenheit erzeugt hatte, war es also Wuzel, mit dem sie entschlossen mitging.

Als sie mit dem Kopf gegen den Boden krachte, dachte sie noch kurz, ob sie das eventuell nicht überleben würde. Dieser Gedanke kam ihr sogar wie eine Lösung vor; sie quietschte und schrie, ohne sich wirklich zu wehren. Schnell hinter das Sofa verkrochen, sah sie mit Erregung, wie er sogleich alles beiseiteriß, mit den Füßen wegtrampelte, um sie mit den Händen dann wieder herumzuschmeißen, als wäre sie ein schwaches Getier, dem man noch langsame Qualen zufügen müsse, bevor man es endgültig erledigte. Eine Haßorgie waren die Schamlosigkeiten, die ihr angetan wurden und die sie in Worten, beißend und schlagend zurückgab. Sie wurde über den Teppich gerollt, als müsse sie um jeden Preis an allen Seiten durchgebraten werden. Es gab keine Öffnung, die ihr nicht schmerzhaft durchbohrt wurde, keine Stelle am Körper, die von nassem Geschlecke und grausamen Bissen verschont wurde. Laut brüllte sie ihren Schmerz und ihre totale Verzweiflung heraus, die nicht im Geringsten mit ihm zu tun hatten; die sich in Jahren der Beherrschung in ihr aufgestaut hatten und nur jenen galten, die ihr nicht genug entgegengekommen waren, sie nicht gehindert hatten, sich ununterbrochen zum Stein verengen zu müssen. Dieser unablässig rackernden Grimasse entgegen verfluchte sie sich, alle Männer, die Scheiß-Liebe und riet ihm, sie doch endlich umzubringen. Ihr sei es egal, ihm sei es vergönnt!
Es war eine umgekehrte Teufelsaustreibung: nicht des Bösen wollte sie sich entledigen, sondern alles Gute in sich ruinieren lassen; auch das Gefühl, lieben zu können. Sie war sich der abstoßenden Ekelheiten bewußt, die aus ihr herauskamen: sie hielt sich selbst für einen nassen Lappen, der die kleinen Blinklichter der Liebe nach links und rechts zu Funken zerschlug, der jeden Glauben in ihr zerstören sollte, wie eine Schar von Käfern, die Tritt für Tritt zerquetscht wurden. Böse lachte sie dazu, als ihr Körper in seiner Abwehr nachzulassen begann. Es war ausgezeichnet, den Liebhaber zu hassen! Es kam große Lust im Ver-

achten! Es konnte nichts mehr geben, dessen sie sich ihm gegenüber geschämt hätte. Und als sie ins Badezimmer schlurfte, nackt, völlig gleichgültig, welchen Eindruck ihr Anblick auf dieses Vieh machen würde, ließ sie ihn unbeachtet sich auf den Rand der Badewanne setzen und ihr abgekämpft zuschauen, wie sie sich auf die Toilette fallen ließ. Er hatte ein Glas in der Hand, reichte ihr das Getränk, und sie schlürfte es, während sie sich entleerte. Erschöpft holte er Luft, um ihr, jetzt war er wohl wieder Wuzel, zu sagen, daß sie „schön" sei. Sie lachte höhnisch und er stimmte ein.
Als sie dann ihren wehen Leib in das Auto kippte, Wuzel schwankend im Schlafrock auf dem Gehsteig, krächzte sie ihm zu, daß er ihr unsympathisch sei. Er drehte sich um und machte mit der Hand eine abfällige Gebärde, die bedeuten konnte, daß sie ihn sehr wohl wieder treffen wollen würde.

Der nächste Tag war kein Triumph. Sie war genauso bekümmert wie die Tage zuvor, noch um vieles trostloser. Ihr Rücken schmerzte so arg, daß sie Herrn Kranz ihre langsamen Bewegungen, ihr vorsichtiges Niedersetzen, mit einem Ischiasanfall begründen mußte. Beim Gehen fühlte sie sich durch und durch wund. Das war sie auch noch dort, wo der Körper selbst nicht mehr hinreichte.
Es keimte schon wieder auf, tadelte sie, übel zugerichtet von dem Begangenen: die Sehnsucht, *einmal* in Liebe mit jemandem Liebe machen zu dürfen. Zugleich ihr Einsehen der Aussichtslosigkeit und dennoch das Wissen, daß sie die Hoffnung durch nichts ausrotten können würde.
Heimgekommen, nach dem Bad, sie salbte und pflegte gerade ihre schmerzenden Stellen, läutete das Telefon. Sie war besser nicht zu Hause. Konnte sich der Zustand des kränkelnden Vaters verschlechtert haben? Aber es ging ihm doch seit Tagen schon gut! Sie strich ein herausgeholtes Creme-Häufchen in den Tiegel zurück, den Rest über die Hände, ging und hob ab.

„Hier spricht die Feuerwehr." Leo preßte wahrscheinlich mit der Hand die Wangen gegeneinander, seine Stimme klang sehr hohl und formte lippenlos die Worte. Lici konnte sich vorstellen, wie putzig sein Mund bei diesen Machinationen aussehen mußte. „Da es sich um eine allgemeine Notübung in dieser Stadt handelt, überraschend deshalb, um die Reaktionsfähigkeit unserer Bevölkerung zu testen, werden auch Sie gebeten, sich innerhalb von fünf Minuten an im Hause befindlichen zusammengeknüpften Leintüchern aus dem Fenster zu lassen. Sollten Sie ebenerdig wohnhaft sein, ersucht man Sie, ehestens aus dem Fenster zu springen!" „Herr Oberfeuerhauptmann, ich habe aber gerade einen festen Strick zur Hand, den könnte ich doch ebenfalls verwenden, anstatt, wie vorgehabt, mich damit aufzuhängen?" „Das steht nicht in den Vorschriften. Entweder Sie führen Ihr ursprüngliches Vorhaben schleunigst aus, dann kann ich Sie als nicht anwesend ankreuzen, oder Sie verwenden das vorgeschriebene Material zur Übung, dann kann ich Sie als selbstrettungsfähig ankreuzen." Leos Antwort war bezeichnend; er hatte ihren Einwand nicht begriffen. Lici fragte den Feuerwehrmann, ob er denn ganz vergessen habe, daß sie eine alte Bekannte sei; selbst nach diesen Jahrzehnten habe sie ihn an seiner hohlen Stimme erkannt, ihr Name sei Lici. Aber ja, sagte dieser, dunkel könne er sich erinnern. Er habe sogar die Möglichkeit, erst nach der Übung selbstverständlich – jetzt wurde seine Stimme wieder normal –, er würde gerne bei ihr vorbeischauen, jetzt gleich – in einer halben Stunde? Das Haustor sei offen? Bis dann!

Lici irrte herzklopfend durch die Wohnung; wie sah denn alles aus? Leer. Und sie selbst? Was sollte sie anziehen? Nicht allzu luftig, vielleicht kam er wirklich nur in aller Freundschaft vorbei, würde sich von loser Kleidung abgeschreckt fühlen. Besser irgendwie geschlossen, er sollte das Gefühl haben, ihren Aufforderungen nicht mehr nachkommen zu müssen; daß sie sich mit ihrer Rolle als sympathi-

sche Gesprächspartnerin zufriedengegeben habe. Zuletzt hatte sie sich in viel zu dicke warme Kleidung gezwängt, sogar Stiefel angezogen, als habe die Heizung einen Schaden. Sie sah sich kurz im Spiegel und beurteilte sich als abschreckend: als eine Person, die das Haus zu verlassen oder gerade zurückgekehrt zu sein schien.
Als es läutete, erschrak Lici. Noch mehr, als sie beim Zugehen auf die Türe das laute Poltern ihrer schweren Schuhe hörte. Sie hatte ein Lächeln aufgesetzt, das sie nun beim Öffnen der Türe und des herzergreifenden Anblickes eines Leo mit Weinflasche in der Hand, beim zurückhaltenden, dezenten Begrüßen und Hindeuten zu den Kleiderhaken, beim Weitergeleiten in den leeren besten Raum sich wie einen Krampf über ihr ganzes Gesicht ausbreiten fühlte und dessen sie sich nicht entledigen konnte. Er sah sie so klar an und sie blickte beiseite, kam sich verquollen und verschoben vor; nichts an ihr war am rechten Platz. Sie bat ihn, es sich bequem zu machen und merkte zugleich, daß sie kein Möbelstück besaß, auf dem man hätte gemütlich sitzen können. So knipste sie wenigstens die Stehlampe an und das Deckenlicht aus, ging um Gläser für den Wein. Als sie wieder eintrat, kam ihr die Stimmung des Lichtes wie die Notbeleuchtung eines Spitales vor: War ihr denn nie vorher aufgefallen, welch kümmerlichen grünlichen Schein diese Lampe von sich gab? Sie hatte im nächsten Zimmer einen Kerzenhalter – aber das wäre unbedacht; es konnte Leo, wer weiß, zu „intim“ vorkommen.
Man fragte sich jetzt in den verschiedensten Varianten, wie es dem anderen gehe. Sein langes Schweigen erwähnte Lici nicht, sie hatte es sogar fast vergessen, so sehr war sie von dieser unglaublichen Tatsache überrascht: Leo saß in ihrer Wohnung! Man rückte die Sessel so zueinander, daß man nicht mehr Seite an Seite saß, sondern sich beim Sprechen auch anblicken konnte.
Was tat er da? Er griff wortlos nach ihren Händen, die sie ihm rasch entzog; er hätte sonst ihre Aufgeregtheit

bemerkt; daher legte er die seinen warm um ihren Hals. Er zog (es war beschämend, wie unbequem es vor sich gehen mußte) ihren Kopf dem seinen entgegen und küßte sie. Lici versank nicht, sie registrierte die Situation; eine Aufsichtsperson, die dieses Gelände zu überwachen hatte.
Keine Flasche wurde geöffnet, kein Schluck getrunken; stillschweigend wurde ins Schlafzimmer übersiedelt. Lici war so zaghaft, konnte sie denn von ihm erwarten, daß er sie auszog – nun, da er ihrem Vorschlag immerhin nachzugeben bereit war? Sie entkleidete sich eilig im Badezimmer und huschte zu ihm ins Bett. Zu Leo, der bis zum Kinn zugedeckt das Kommende abzuwarten schien.
Zuerst wollte man sich wohl beiderseits langsam zu den ersten Zutraulichkeiten begeben; Lici konnte sich nicht von den Vorstellungen lösen, wie sie Leo beim ersten Mal gerne betastet, gewiegt, angesprochen hätte; statt dessen hielt sie nun seinen Schädel in ihrer Halsbeuge unter Streicheleien, als wollte sie ihm die Haare in Ordnung bringen, womöglich einen Scheitel ziehen. Seine Berührungen waren sehr sanft, sie glitt mit der Hand etwas abwärts, um seinen Zustand zu erfahren. Damit war der Bann gebrochen, solches konnte nicht länger zuwarten. So wie sie ihn eigentlich hätte aufnehmen wollen, dazu blieb ihr keine Zeit. Als würden sie in einer Kutsche sitzen, deren Rösser dabei waren durchzugehen, half kein Mittel; es fiel ihr und ihm noch weniger etwas ein, um die Fahrt zu verlangsamen. Sie hätte noch ein wenig durchgehalten, aber da sie nicht aus der Entfernung zusehen wollte, gab sie sich der Beschleunigung hin, fühlte schon den nahen Graben, in den Leo zu stürzen drohte, und jagte mit. Es gelang ihr, ihn nicht zu verlieren und noch knapp vor ihm ins Gebüsch geschleudert zu werden. Sie konnte sich kaum besinnen, da lag er, plumps, schon neben ihr.
Und so lächelten sie sich freundlich an und waren sich nicht sehr nahe gekommen.
An dem Abend hatte Leo wohl allgemein wenig Zeit. Er

erhob sich bald, und als er sich anzog (nun konnte Lici endlich sehen, welch angenehmen Körper er hatte) erklärte er seine Eile mit einer Zeichen- und Malschule, von der er Anneliese abzuholen versprochen habe. Was tat sie denn da? Wozu brauchte man denn eine solche Schule, wenn man Wirtschaftsdoktorin war? So erfuhr sie, daß Leos Braut sehr künstlerisch veranlagt sei; es schlummere das Verschiedenste in ihr. Aber Malen und Zeichnen seien ihre stärksten Talente, was ihr in dieser Schule bestätigt und dazu noch gefördert werde. Sie blühe förmlich dabei auf, die Abende danach sei sie gelöst und heiter wie nie. Er unterstützte ihre Neigung sehr, es sei ihm lieber, als wenn sie heimlich Alkohol tränke, sich mit anderen Männern einließe und was Frauen sonst noch alles im Kopf hätten. Lici tat es gut, noch immer zu liegen, es waren doch ein paar Äußerungen dabei, die sie vielleicht unversehens in diese Lage zurückbefördert hätten.
Sie sah in seine samtigen braunen Augen, als er sie noch kurz liebkoste, und lag erstarrt, als die Türe zufiel.
So machte sie sich zum Schlafengehen zurecht, schüttelte die Polster etwas durch und begann ihren Weg durch die Nacht. Sein Kopf war vor kurzem hier gelegen, vielleicht lag der ihre jetzt auf derselben Stelle. Das Bett hatte sich nicht verändert, sie war die gleiche geblieben, „die Sterne waren nicht vom Himmel gefallen". Was war geschehen? Jemand hatte ihr bewiesen, daß er nicht impotent war. Sie hatte erfahren dürfen, daß seine Freundin heute besonders gelöst und heiter sein würde. Was noch?
Da er jetzt fort war, wiederholte sich sein kurzer Aufenthalt vor ihren Augen. Warum hatte sie aus diesem oder jenem Augenblick nicht mehr zu machen verstanden? Sie holte aber- und abermals kleine Details hervor, die sie ein bißchen zu trösten imstande waren; in denen er ihr wirklich zärtlich und „nahe" vorgekommen war. Hatte sie in der Zeit seiner Anwesenheit ein deutliches Gefühl des Zuschauens gehabt, so war sie jetzt in der Lage, kleinen Momenten im

nachhinein einen Inhalt zu geben, der sie jetzt noch ergriff. Konnte sie vielleicht gar nicht wirklich lieben? War dieses Gefühl etwa nur in Gedanken zu erreichen?

War eigentlich sein Körper (ihr fiel wie ein Staubkorn Wuzel von gestern ins Auge) von großer Besonderheit gewesen, waren seine Gespräche, seine Gedanken so einmalig und wertvoll? Hätte sie unter auf sich gerichteten Gewehren sein Wesen schildern müssen, sie hätte wahrscheinlich den Anschein erweckt, über ein Kleinkind, ein Baby zu sprechen. Drollige Ausdrücke, charakteristische Mimik, liebe Stimme, nette Hände, Mund, Haare, Geruch und so schöne braune Augen ... Aber kein Wort fiel ihr ein, auch wenn sie sich an alle Zusammenkünfte zu erinnern versuchte: kein Wort, kein Satz, der von irgendwelchen ernsteren Überlegungen gezeugt hätte. Es war ihr nichts davon zurückgeblieben. Er war nicht einmal ordentlich verrückt. Vielleicht etwas defekt; erst unter einigen Gesteinsschichten am Leben. Und höchstwahrscheinlich ziemlich leer.

Aber wie, trotz alledem, wie konnte sie es lernen, ihn nicht mehr zu mögen? Selbst der heutige Abend, selbst das Gestrige, wußte sie, hatten in dieser Hinsicht nichts zerstören können.

Am Morgen gelang es Lici doch noch kurz, sich über Leos Besuch zu freuen. Er mußte es doch auch gewollt haben, wer hatte ihn denn noch weiter bedrängt? Und soweit ihre Erfahrung reichte, war sie der Meinung, daß er sie nicht gerade als abschreckend empfunden hatte. Nur, da machte sie sich nichts vor, es war nicht viel Hoffnungsvolles von dieser Beziehung zu erwarten. Sie mit ihrem unerschütterlichen Liebesbedürfnis, er mit seiner offensichtlichen Berechnung, gepaart mit Sentimentalität, hatten sich nicht getroffen, sondern bestenfalls gestreift.

Wenn er sich aber nur tarnte, ihr absichtlich nichts zu hoffen ließ, um sich selbst erst richtig klar zu werden? Wenn es vielleicht nur um weitere Geduld und Ausdauer ginge,

damit man eines Tages doch zueinander fand? Da klopfte sich Lici mit der Haarbürste fest auf den Kopf, beschimpfte sich abfällig in den Spiegel hinein und reinigte ihre Gedanken von solchen Vorstellungen, indem sie ihr Gesicht roh mit dem Waschlappen abschrubbte.
Im Stiegengang sah sie noch rasch in das Postfach, sie war schon ziemlich verspätet; hätte außerdem nicht behaupten können, daß ihr Körper sich inzwischen sehr erholt hätte. Zwischen Bankauszügen, Rechnungen, Reklame, lag ein repräsentatives Kuvert. Von der Fernsehanstalt. Also endlich, Herrn Wüblers Antwort. An Ort und Stelle wurde geöffnet. So wohlwollend hatte sie schon lange keine Ohrfeige erhalten.
Gerade und zügig ging sie über die Straßen ihrer Arbeit entgegen. Ampel rot, stehenbleiben! Ampel grün, das Männchen zeigt es doch, weitergehen! Wenn man nur mehr Signale zu befragen gehabt hätte, heute wäre Lici mit dieser Einführung sehr zufrieden gewesen. Nur nichts selber wollen, alles brav befolgen.

Sie betrachtete das Foto, holte die Retuschierfarben herbei und spürte, was sie befürchtet hatte: Kurt Hellmuth trat auf sie zu. Ihm war es zuwider, abermals ein und dieselbe Frage an sie zu richten, ihr war es zuwider, daß er es, obwohl er noch zögerte, dennoch tun würde. Lici zupfte am Pinsel herum, irgendwie hatten sich kleine Bröckchen gebildet, beugte sich dann zu ihrer Korbtasche hinab, zog den Brief heraus und überreichte ihn ihrem „Chef". Mit den Begleitworten: „Aufgeschoben ist nicht aufgehoben". „Wer sagt das?" fragte Kurt. „Das sagt Herr Wübler. Er hat schon eine andere Sendereihe aus dem Ausland angekauft. Eine Dame, in weißem Kittel, nehme ich an, betreut darin wissenschaftlich ihre Auffassung von ‚Wie wir was werden'. Jedenfalls heißt diese Sendung so." Kurt schob ihre geordneten Geräte über den Tisch, um für sein dickliches Hinterteil einen Sitzplatz zu schaffen. Er wußte nicht, welch weite-

ren unangenehmen Eingriff er damit in Licis äußerst labile Verfassung machte.
Es kam, was kommen mußte; er hielt, ohne den Brief auch nur zu überfliegen, Lici eine vorerst psychologisch wirkende, langsam sich in reinen Ärger verwandelnde Ansprache. Daß er das von Anfang an befürchtet habe. Nicht wegen der Arbeit selbst (dazu mußte er ja stehen, hatte er das Ergebnis doch überschwenglich gelobt), sondern wegen Lici und ihrer Art, eine so heikle Sache bestimmt nicht diplomatisch geschickt anbieten zu können. Er kenne sie ja und schätze auch großteils ihre gnadenlose Wahrheitsliebe; aber gerade die habe ihn von erster Stunde an beunruhigt. Warum nur war sie dagegen gewesen, daß er mitkam? „Mein liebes Kind", war von ihm zu hören, die Routine vieler Jahre könne man sich nicht augenblicklich aneignen. Sie habe hauptsächlich mit ihrer Überreichung, das sei ihm völlig klar, alles verpatzt! Schön stünden sie jetzt da! Das liebe Kind suchte wieder die Farbtöpfe und Pinsel zusammen und holte sich die kleine Genugtuung, mit vorwurfsvollem Blick unter Kurts gewichtigem Leib nach dem angewärmten Foto zu greifen, es hervorzuziehen. „Und wenn wir nun dazu hinschrieben: Unser Typ ist top?" Sie schwenkte das Bild vor seinem Gesicht. „Lici!" Sein Blick wanderte irritiert zwischen ihr und der Fotografie. Wenn sie nur ahnte, welch schwere Tage er hinter sich habe: Mache sie sich denn gar nichts aus dem negativen Ergebnis ihrer Bemühungen, müsse sie denn nun blödeln? Ja, dieser Satz zum Bild sei übrigens gar nicht zu verwerfen, aber – müsse sie denn gleich so weiterspringen zu eher Unwichtigem, könne sie nicht seine Sorge verstehen, daß man sich zwar auf ihre Ideen, aber nicht auf ihre Kontaktfähigkeit gegenüber der „Kundschaft" verlassen könne? Und das sei (seiner kurzen Beine wegen mußte er einen Hopser vom Tisch machen, wobei das Ultramarinblau umkippte) das Wichtigste, was er von guten Mitarbeitern verlangen müsse. Letzteres rief er Lici bereits nach, die

aus dem Nebenraum Schwamm und Tücher holte, um die rinnende Farbe zum Stillstand zu bringen.
Warum hätte Lici Kurt nicht verstehen sollen? Aber verstand er sie? Dazu hätte sie ihm am besten schildern sollen, welche schweren Tage *sie* hinter sich hatte, was ihr noch alles zu denken gab. Und daß Herrn Wüblers Absage sich sehr wohl in ihr auswirke; so, als würde man sie in ihrem zerkochten Zustand auch noch flambieren! Es tat wirklich weh. Sie hatte nun nichts mehr, worauf zu hoffen war. Und sie hätte sich so gerne auf etwas gestützt. Oder besser, es gefühlvoll umfangen, hochgehoben und es mit sich getragen. – Unsinn . . .
Kurt verließ mit hängendem Kopf den Raum, wobei er bei jedem Schritt eine Broschüre gegen den rechten Schenkel hieb. Drüben klingelte seit längerem das Telefon. Warum hob niemand ab? Sie drückte ihren Knopf, nahm den Hörer und sprach die alte Leier, die der Firma als endloser Geschäftsname diente. „Ganz im Vertrauen, kennen Sie eine Frau Lici?" klang es verschwörerisch. „Ja, ich glaube, sie sitzt hier und telefoniert gerade." Schade, es war ihr nichts Ungewöhnlicheres eingefallen. „Wissen Sie eigentlich – ich rechne mit ihrem strengsten Stillschweigen –, daß Frau Lici ein Superweib ist?" „Keine Ahnung, mein Herr, so wie sie heute ausschaut, könnte man ihr einige Tage Urlaub vorschlagen." – „Glauben Sie, die Dame hätte morgen Zeit, sich auf eine kleine Unterbrechung ihrer Arbeit einzulassen, um mit einem herrlichen Menschen Mittagessen zu gehen?" – „Soweit ich Frau Lici kenne, müßte dieser Mensch aber zumindest braune Augen und ein kleines Muttermal am Bauch haben." – „Oh, wenn sie mir noch sagen könnte, an welcher Stelle genau, könnte ich meines abdecken und an die richtige Stelle versetzen!" – „Gleich über dem Nabel." – „Herrlich, da brauche ich mich ja gar nicht zu verändern! Richten Sie Frau Lici bitte aus, daß ich sie morgen vormittag über den Ort unseres Zusammentreffens informieren werde!" – „Gerne, ich hoffe nur, sie hat

nicht schon andere Anwärter, die diesen Ansprüchen gerecht werden. Ich werde Ihr Angebot selbstverständlich weiterleiten." – „Danke, liebe Telefonistin, Sie haben mir große Freude bereitet!" Klick. War er nicht doch ein lieber Wahnsinniger, dieser Leo?

Den Tag darauf war Lici endlich einmal wieder gut ausgeschlafen, sie hatte Humor, mußte schon im Bad über einen Versprecher des Nachrichtenreporters kichern (er sagte, daß Gelder einer gewissen Firma für löbliche Zwecke verschwendet, oh pardon, verwendet worden seien); sie hatte die Kraft, alle Verwandten wieder einmal der Reihe nach anzurufen, sich nach ihrem Ergehen zu erkundigen. Selbst Paul wurde mit freundlichem Geplauder überschüttet, wofür er noch keinen rechten Sinn zu haben schien, er wirkte sehr verschlafen. Aber allen ging es gut, sie hatten höchstens durch Alltäglichkeiten ihren kleinen Verdruß. Mit Irmi nahm sie sich ein Treffen für morgen vor. Die hatte bereits am Telefon eine tröstliche Antwort auf Licis Ablehnung durch Herrn Wübler: „Meine Liebe, die sind erst beim A und du bist schon beim C!" Diesen Menschen würde Lici nie verlieren wollen. Was auch immer geschehen mochte, die Freundin hielt zu ihr, auch wenn sie manchmal recht kritisch war.
Am Morgen im Büro war sie wieder die alte, witzelte mit einem erstaunten Herrn Kranz, der Sekretärin, ihren Mitarbeitern; brachte gleich ein Bündel Ideen hervor, und da diese noch ziemlich unausgegoren waren, ergriff bald die ganze Gruppe große Heiterkeit. Wann immer das Telefon läutete, wurde Lici wachsam und fuhr etwas auf ein Nebengeleise, um die verlangte Person erhorchen zu können. Endlich war der Anruf für sie; sie schoß hin und konnte Pauls Entschuldigung, daß er in aller Frühe nicht fähig gewesen sei, ihr klar zu antworten, kaum abwarten. Ständig dachte sie, durch solche Gespräche Leos Anruf zu verzögern, die Leitung zu blockieren. Aber es wurde zehn,

elf und zwölf. Kein Leo. Gegen ein Uhr ging Lici mit den Kollegen ein Sandwich essen, und jemand sagte, daß sie plötzlich sehr müde aussehe.
Noch mehrere Tage lauschte sie automatisch, wer am Telefon verlangt wurde; hob das Gesicht vom Tisch hoch, wenn es zu läuten anfing, und senkte es wieder.
Vor Jahren hatte sie einen Film gesehen, vielleicht noch als Kind. Daraus war ihr eine Szene besonders in Erinnerung geblieben: wie ein alter Hund in einer staubigen heißen Kleinstadt tagtäglich zur selben Zeit zum Bahnhof gegangen war, sich hingelegt und auf den einfahrenden Zug gewartet hatte. Wenn die Leute dann aus- und eingestiegen waren, hatte er den Kopf gehoben und traurig und müde hingesehen, manchmal kurz geschnuppert. Dann hatte er sich schwerfällig erhoben, und wenn der Zug den Bahnsteig verlassen hatte, war er zurückgeschwankt, irgendwohin dort in diese heiße Stadt. Sein Besitzer, sein unvergessener Freund, war, wie schon viele Jahre zuvor, wieder nicht ausgestiegen und zurückgekehrt.
Es kamen andere Anrufe. Der Fensterputzer, die Verwandten, die Wäscherei, die Zahnarztassistentin, Wuzel, Paul, Bekannte, falsch Verbundene, nach vielen Jahren eine alte Schulfreundin, Lisa, Irmi usw.
Und eines Tages rief sogar Karl an. Da er das nie tat, eine wahre Überraschung. Daß er es war, konnte Lici an seiner Stimme erkennen, denn seiner Einleitung nach hätte sie lange herumrätseln müssen: „Sitzt du oder stehst du?" – „Geh, Karl, ich arbeite zwar, aber deswegen möchte ich nicht auch noch stehen!" – „Die Lisa ist tot." – Das mußte man rückgängig machen, da hatte sie etwas falsch verstanden! Es mußte jetzt sofort wieder vor einigen Augenblicken werden! Aber da war Karls Stimme und – sie klang unerbittlich wahr. Aber was er *meinte,* durfte nicht wahr sein! Es gab doch sicher noch Zeit für eine Lösung, Rettung, Hilfe!
„Nein, nein, nein!!!" schrie sie in den Apparat. „Doch. Motorradunfall. Mit dem Fritz. Der hat überlebt. Sie war

sofort tot." Wie konnte man die frische, lebendige, fröhliche Lisa „tot" nennen? „Nein, Karl, bitte, nein, nein!!!" flehte Lici. Sie hatte sich vom Stuhl hinunter auf den Boden gehockt und hieb mit der Faust auf das Parkett. Kollegen waren herbeigeeilt und standen ratlos in der Tür. „Es geht jetzt darum, es Irmgard . . ." Er mußte einhalten, Lici heulte auf und winselte – „Wir müssen uns überlegen, wie wir es Irmgard beibringen. Sie ist heute in Köln. Wie heißt dort ihr Hotel? Sie kommt zwar am Abend zurück, aber ich finde doch, daß man sie benachrichtigen sollte." „Ja, Ja." Lici gab ihm den Namen des Hotels, die Telefonnummer kannte sie selbst nicht. Gut, Karl würde dort anrufen, und Lici sollte mit ihm gemeinsam Irmi abends vom Flugplatz abholen.

Lici setzte sich wieder an ihre Arbeit. Karls sachliche Art hatte ihr geholfen, wieder eine korrekte Haltung einzunehmen. Kurt, der sich von den anderen gelöst hatte, kam teilnahmsvoll heran. „Ein Unglück?" – „Es ist furchtbar." – „In der Familie?" – „Ein Kind ist gestorben. Aber sie wird schon siebzehn. Erst. Das Kind meiner Freundin und doch fast unseres." Sie konnte nichts weiter als weinen. Alle hatten Lisa gekannt, wie oft war sie auf einen Sprung heraufgekommen, hatte kurz mit Lici getuschelt, etwas gefragt, sie um etwas gebeten; oder sich in irgendeine Sitzgelegenheit fallen lassen, die Beine weggestreckt, um Lici etwa ihre neuen Schuhe zu zeigen. Und manchmal schaute sie, *hatte* sie vorbeigeschaut, weil ihr ganz einfach langweilig war und ihr die Atmosphäre hier gut gefiel. Besonders den Geruch hatte sie so gerne – gehabt. Sie hatte in einer Ecke Bücher gelesen, sich die Nägel lackiert, über einen Spiegel gebeugt ihr Aussehen korrigiert und sich dabei gerne rote Flecken ins Gesicht gequetscht; von Lici sofort mit Zischen und Händeklatschen aufgescheucht, wie man sich bei kleinen schlimmen Katzen aufführt. Manchmal hatte sie nachmittags gewartet, bis Lici frei war und sie noch zusammen durch die Gassen bummeln, Schaufenster anschauen konnten. Irgendwann hatten sie

sich dann einen Kuß gegeben und waren auseinandergegangen.
Und wieder andere Male, das hatte man schon an Lisas „bengalischem" Make-up und ihrer einmaligen neuen Frisur, an ihrer mit großem Geschick zusammengetüftelten Kleidung erkannt, hatte sie die Zeit bis zu irgendeinem bedeutsamen Rendezvous überbrückt, indem sie, ständig ihre äußerliche Verfassung überprüfend und zurechtzupfend, nur mit zerstreuten Antworten dienen konnte . . .
Lisa, Lisa, was hast du getan! Was hast du mit dir geschehen lassen, was hast du denn – deiner Mutter!! . . . Es kamen so viele Gedanken auf einmal! Irmi, unvorstellbar, Irmi – eine Mutter ohne ihr einziges Kind? Lisa war doch Irmis alleiniger Fortbestand – alles, alles konnte Irmi schaffen, denn sie hatte doch ihr Kind –? Lisa! Gestern noch am Telefon geredet und gelacht, sich für übermorgen, ihren Geburtstag, von Lici eine „irre" Platte gewünscht. Welche nur? Wo war der Zettel, auf dem sie den Namen der Gruppe notiert hatte? Aber das war ja jetzt egal . . .
Und nun sollte Lisa irgendwo leblos liegen? Das zarte Kettchen um den Hals mit dem Talisman, den Lisa nie wieder mit den Fingern auf und ab, hin und herzerren oder in den Mund stecken würde? Noch wie Lisa aussehen und nicht mehr Lisa sein? Wie konnte Lisa als Wesen, als „sie", plötzlich verschwunden sein? Lici heulte, den Kopf in den gekreuzten Armen, weiter über ihren Tisch. Immer wieder schlug sie auf die Platte; sie wollte es rückgängig machen, aus der Ohnmacht erwachen! Es durfte nicht stimmen!
Daß jetzt auch noch Frau Meissner und Fräulein Kolb laut mitweinten, machte diese Unbegreifbarkeit auch nicht verständlicher.
Karl rief an: Irmgard habe es ganz ruhig aufgenommen. Sie käme mit der nächsten Maschine. Man vereinbarte einen Treffpunkt für die Fahrt zum Flugplatz.
Als Lici in Karls Auto längere Zeit verweint und in undeutlichen Lauten wiederholt die Ungerechtigkeit des Schicksals,

die Grausamkeit des frühen Todes Lisas, „unserer Lisa", beklagt hatte, schrie er sie, selbst nahe daran, die Fassung zu verlieren, selbst rotäugig, an, sich endlich zusammenzureißen und zu versuchen, soviel Kraft in sich zu mobilisieren, wie sie brauchen würde, um Irmi zu empfangen; für diese wenigstens eine winzige Stütze zu sein!

Irmgard kam aufrecht und ruhig zwischen den anderen Passagieren in die Gepäckshalle. Sie hatte nur eine Tasche bei sich, konnte gleich weitergehen, durch die gläserne, sich automatisch öffnende Türe, und stand da. Nicht nur Lici, auch Karl weinte bei ihrem Anblick auf: Irmgard war völlig beherrscht und ging zwischen den beiden, die sie stützend führten, als habe sie ihnen nicht eben gezeigt, daß sie sich sehr wohl auch alleine fortbewegen konnte, zum Wagen. Während der Fahrt begann sie präzise Fragen zu stellen. Sie wollte den genauen Hergang wissen, wo, wann, wie, von wo waren sie gekommen, wohin hatten sie fahren wollen . . .? Karl, der von der Polizei die näheren Einzelheiten erfahren hatte, wollte nicht schon jetzt all die schrecklichen Details erzählen, verallgemeinerte seine Auskünfte und wurde von Irmi immer wieder unerbittlich um noch genauere Angaben ersucht. –Lici war beklommen über die bewegungslose Ernsthaftigkeit in Irmis Gesicht. Einmal nur rang diese mit den Händen in der Luft als müsse sie ersticken, keuchte dann kurz auf, legte den Kopf gegen die Nackenstütze und schloß für einige Zeit die Augen. Es kamen keine Tränen und keine Schmerzenstöne. Lici aber wurde öfters vom Weinen geschüttelt; sie lehnte sich von hinten an Irmi und schluchzte an deren Schulter.

Karl und Lici hatten schon vorher beschlossen, zu zweit diese Nacht bei Irmi in der Wohnung zu verbringen. Und dieser schien es recht so, eigentlich schien es ihr gleichgültig zu sein. Angekommen, ging sie langsam durch die Räume zu Lisas Zimmer, öffnete die Türe und sagte steinern: „Nun muß ich nicht mehr darauf achten, daß sie lernt."

Irmgard blieb auch die nächsten Tage ein beängstigender Anblick. Sie wollte kein Mitleid, kam den Leuten daher zuvor, indem sie fragte, wie es ihnen selber gehe, fragte interessiert nach dem Ausgang dieser und jener Schwierigkeiten, an die sie sich erstaunlicherweise mit erschreckender Genauigkeit erinnern konnte. Sie war es sogar, die alle Freunde, die sich bedrückt die Türklinke reichten, um Irmi persönlich trösten zu kommen, mit kleinen Scherzen aufzuheitern suchte. Was bewirkte, daß man sich kaum mehr in ihre Nähe wagte; man war selbst nicht so recht in der Lage, dieser makabren Vorstellung beizuwohnen.
Irmgard ging in gepflegtem Zustand und umsichtig ins Leichenschauhaus, holte das Gewand ihres toten Kindes und brachte sorgfältig verpackt ein hübsches Kleid für die Beerdigung. Sie regelte alle Formalitäten, erhielt die Erlaubnis, die Asche der Verstorbenen im Familiengrab beizusetzen (wobei es noch von frommen und ehrenwerten alten Verwandten Proteste gab, da sie befürchteten, nicht mehr in die Anzahl der für dieses Grab zugelassenen Toten hineinzusterben). Das alles meisterte Irmgard mit großer Disziplin. Karl stand zwar meist neben ihr, wenn sie zum Beispiel den hellen Sarg aussuchte oder mit dem Steinmetz Veränderungen am Grabstein besprach; aber lieber wäre es ihm gewesen, sie hätte sich wenigstens ab und zu auf ihn stützen müssen. Irmi ging diesen Weg ganz alleine.
Lici war jede freie Stunde bei ihr. Sie hätte jetzt Irmgard gerne bewiesen, wie nahe sie ihr stand; wollte ihr Mitgefühl zeigen, Trost geben. Sie wußte andererseits nicht, ob Irmi wollte, daß man über Lisa sprach, oder ob sie solche Erwähnungen meiden sollte. Schließlich redete sie doch über dieses und jenes, was ihr gerade über Lisa einfiel; einmal mußte man diese Hürde nehmen, empfand sie. Und Irmi reagierte darauf gut, sprach viel davon weiter, konnte sich an noch mehr erinnern – lachte versonnen im nachhinein und bekam gleichzeitig einen harten Blick; schaute auch Lici plötzlich anders an – es war eine andere Irmgard.

Sie verwehrte ihrer Freundin teilzunehmen. An ihrem Kummer, an ihren Erinnerungen, an diesem unüberwindbaren Elend. Alle, die Irmi kannten, warteten mit gesenktem Kopf auf ihr Zerbrechen, auf das Weinen. Es wäre ein Zeichen gewesen, daß ihr Leben weiterging.
Als Lici wieder, es waren einige Tage vergangen, das Begräbnis in aller Unwirklichkeit vorüber, neben Irmgard herumlief und ihre verschiedenen Dienste anbot, um abermals ein Abrücken, ein verhaltenes Bedürfnis nach Abstand an ihrer Freundin zu empfinden, beschloß sie, über das Wochenende alleine auf den alten Bauernhof zu fahren. Sie hatte sich dort auch früher manchmal ohne Paul aufgehalten; im Sommer mußte er öfter für einige Tage in die Stadt fahren, und sie hatte diese einsamen Zeiten sehr genossen, viel gedacht und gelesen. Vielleicht fiel sie Irmi jetzt nur zur Last, machte alles falsch. Karl, der durch seine Unstetigkeit in der Arbeit den beiden Frauen so oft Anlaß zur Kritik gewesen war, erwies sich jetzt, da Zeit für ihn keine Rolle spielte, als idealer, stiller und hilfreicher Begleiter Irmgards. Es war auch offensichtlich, daß er jetzt mit anderen Gefühlen aufgenommen wurde, daß Irmi ihn nun als einen vollwertigen, spät erkannten, wahren Freund zu betrachten anfing. Und Karl war es auch, der Lici endlich mitteilte, daß die Mutter anfing, ihr totes Kind zu beweinen.

So fuhr Lici aufs Land. Es fing schon langsam an, grün zu werden. Das Haus war lange nicht mehr besucht worden; Paul und Lici hatten es bereits ziemlich lange verstoßen, ohne Obhut gelassen. Daher dachte Lici zuerst an den Mann, der im Dorf als ein gutmütiger Debiler galt, und der im Gasthaus immer wieder heitere Stimmung zustandebrachte, indem er seine Sorgen und Befürchtungen derart preisgab, daß man ihm vor Belustigung so lange Wein nachschenkte, bis er umfiel. Aber es brachte ihn stets jemand heim, sein Haus stand immer offen. Die Mutter, sie war vor Jahren unter Sorgen um den geistig behinderten

Sohn gestorben, schien noch immer das Anwesen in Ordnung zu halten, es schien alles in ihrem Sinn vom großen Buben weitergeführt worden zu sein. Manchmal stieg er vom Fahrrad, mitten auf der Dorfstraße, und klagte den Leuten, die zufällig dastanden und ihren Kindern etwas zuriefen, daß er schon auch gerne ein ordentliches Weibsbild und ein „schönes" Zuhause hätte. Man klopfte ihm auf die Schulter, aber ja, bald würde er sich eine „Fesche" finden. Und er stieg wieder auf sein Rad, war ruhelos wie zuvor.

Zu diesem Mann hin fuhr Lici durch das langgestreckte Dorf, um, wie die Jahre zuvor, über das Bestellen der Obstbäume, das Wiesenmähen, die Weinheckenpflege usw. Festes auszumachen und auch schon einen Teil im voraus zu bezahlen. Er rührte seinen lichten Kaffee in einer großen Schale, auf der „Andenken an Mariazell" stand (der Ort war ziemlich weit entfernt, mag sein, daß eine der wenigen Reisen seiner Mutter dorthin geführt hatte) und sagte nach allem, was seit Jahren dasselbe war und doch, früher von Paul und jetzt von Lici genau wiederholt, neu erklärt werden mußte, mühselig, als könne er sich nur schwer dazu entschließen: „Na, ist's halt recht so. Werd' schaun, daß d'Sachern g'macht ist, wenns wiederkommts." Die Trennung zu erwähnen, war Lici zu anstrengend; was hätte er da nicht alles wissen wollen und trotzdem nicht begriffen. In einer eingestürzten Welt wäre er mit offenem Mund zurückgeblieben.

Dann schaute sie noch zu ihrer Witwe. Sie mußte dieser Frau immer etwas von den Vorgängen in der großen Stadt berichten, wohin die ältere Frau selbst vor einigen Jahren, sich einer verbilligten Autobusreise aller umliegenden Gemeinden anschließend, gereist war. Drei unvergeßliche Tage! Und bei Licis Erzählungen, oft in der Not aus der Luft gegriffen, schlug sie die beiden Hände über die Wangen, konnte das Gesicht überhaupt nie ohne irgendeine schützende Hand- oder Faustbedeckung herzeigen und drückte

mit den noch sichtbaren Augen- und Kieferpartien all ihre Möglichkeiten an Erstaunen, Überwältigtsein, Bewunderung und durch eigene Erinnerungen bestätigten Beifall aus. Lici besprach mit ihr die nächste gründliche Reinigung des Hauses, zahlte ebenfalls im voraus und aß einige hausgemachte Mehlspeisen, Schnitten mit sehr viel Füllung aus Schaum und Schlagobers. Denen sie dann, endlich im einschichtigen Haus angelangt, mit einem guten Glas Apfelschnaps zur schnelleren Verdauung nachhalf.
Das Haus war feucht, kalt, sehr still alles rundherum, nur leises Bäumerascheln. Der alte eiserne Herd wurde eingeheizt, es kam kein rechter Zug auf, Lici machte in der Räucherkammer in einem Eisenbottich Feuer mit Papier, rannte zurück in die Küche und zündete erneut an. In doppeltem Ansturm ließ sich der Kamin allmählich erwärmen, sog den Rauch auf und verhalf endlich dem Holz zu hitzigem Knattern. Lici machte ihr feuchtelndes Bett und schloß alle Fensterläden, was sie früher eher vergessen hatte, um lieber den Rehen zuzusehen, die in der Abenddämmerung, vorzugsweise bei Mozart-Musik, direkt vor den Fenstern ästen.
Heute war sie ein wenig verschreckt, stellte sie fest. Sie konnte sich nicht behaglich fühlen, nichts Rechtes mit sich selber anfangen. Es gab so viel, das sie auf einmal bestürmte, und alles aus einer Richtung, die eher niederdrückende Töne von sich gab. Tatsachen stellten sich gespreizt vor sie hin, produzierten sich besserwisserisch, machten Vorwürfe, stellten Fehlerhaftigkeiten fest, die sie, wenn auch unbeabsichtigt, um Unwiederbringliches gebracht hatten. Saß sie nicht außerdem in dem wackligen Stuhl, den noch vergangene Weihnachten Lisa durch ihr ungestümes Beine-über-die-Lehne-werfen bedenklich zum Wanken gebracht hatte? Lici sprang auf, um ihre Beengung los zu werden; fing an, sich etwas zu kochen. Dabei drehte sie das Radio in der Küche an und wieder aus, im Nebenzimmer rasch den Fernseher auf, der, erst nach

längerer Zeit ein Bild losschickend, blutüberströmte flüchtende Täter und nachjagende schießende Verfolger erkennen ließ, auch einige Leichen lagen herum. Sie drehte wieder aus, rettete das Essen vor dem Verbrennen, rührte darin herum, es war nur Dosenkost. Dabei äugte sie immer wieder, ob die Fensterläden gut verschlossen seien und kontrollierte nebenbei den inneren Riegel der Eingangstüre. In dieser Unruhe trank sie noch mehr vom Apfelschnaps, holte sie sich sogar, ängstlich über den Hof eilend, eine Flasche Wein aus dem Keller; schloß gleich wieder hinter sich ab und nahm sich vor, nun gemütlich zu werden.
Sie deckte sich den Tisch, verwendete dazu einen der schönen alten Teller, Leinenserviette, das „gute" Besteck; stellte ein ordentlich großes Glas Wein dazu und kratzte die breiartige Speise aus dem Topf. Sie legte sich ein Buch zurecht, eine Kassette mit Mahler-Musik in den Apparat. Die Musik kam ihr zu traurig vor, sie wechselte zu Vivaldi, Mozart, Keith Jarrett, nie war es das Richtige, das Bänderwechseln machte sie leicht gereizt, das Essen kalt. Sie hätte nicht sagen können, was ihr zur Zeit recht gewesen wäre. Schon gar nicht im Radio die Swing-Sendung mit dem alternden Vergangenheits-Fan, der es so erwähnenswert fand, unter ständigem Lachen die Aufnahmedaten der Platten mit zur damaligen Zeit herrschenden politischen Situationen, Geburtsstätten längst verstorbener Stars und Stummfilmereignisse von ehemals zu garnieren. Auch nicht im anderen Sender die vergleichenden Studien über verschiedene „Königinnen der Nacht", deren erstaunlich unterschiedliches Anpacken dieser Koloraturpartie; es belastete Lici nervlich, wie die einzelnen kurzen Töne, einem Flohzirkus ähnlich, höher und niederer hüpften, um schließlich die schwierige Melodie davonzuziehen. War das nicht Herrn Wüblers Stimme, die die verbindenden Worte dazu sprach? Oder brachte sie schon alles nur mehr damit in Verbindung, was sie in letzter Zeit so durcheinanderge-

bracht hatte? Nein, Herr Wübler hätte noch etwas leidenschaftsloser gesprochen; ruhig und überzeugend, als läge man nach einer hilfreichen Spritze darnieder und müsse mit ihm gemeinsam die einschläfernde Wirkung abwarten.
Aber draußen, im Freien, vor dem Haus nur, sollte man heute die Sterne sehen können; und war nicht auch Mond, zumindest dreiviertel voll?
Es war Zeit, den engen Knäuel in sich zu lockern, auf, auf, es gab keine Entschuldigungen, hinaus vors Tor, gute Luft einatmen! Lici legte noch Holz im Ofen nach, zog die dicke Jacke an und durchlief den Hof, zog das große Tor knirschend auf und ging ein paar Schritte in die Finsternis. Das Hoflicht ließ sie noch einige Meter als langen Schatten über den Vorplatz gleiten, dann verließ sie auch diese letzte Quelle sanfter Begleitung und entfernte sich vom Haus; weit genug, um den Augen eine langsame Gewöhnung an die Dunkelheit zu überlassen. Natürlich waren einige Sterne zu sehen, und je länger man suchte, desto mehr wurden es! Mit dem Mond mußte sie sich verrechnet haben, es war sonst stockfinster; vielleicht gab es doch, verteilt, Wolken? Der Wind, vor dem sie sich als Kind so gefürchtet hatte und der ihr später ein Vertrauter geworden war, dem sie gerne entgegenlief und alles an sich flattern ließ, hatte sich nach oben in die Baumkronen zurückgezogen. Während sie selbst in Unbewegtheit stand, knirschte der alte Nußbaum neben ihr wie der Mast eines alten Segelschiffes, das sich von Welle zu Welle schaukelt. Weiter drüben klopften die Äste und Stämme der hohen Nadelbäume gegeneinander, hatten ihr vertrautes Spiel, an dem sich der Wind mit leisem Heulen und engem Dazwischenzwängen beteiligen durfte.
Wie erschrak sie, als der kreischende Vogel, den sie schon öfter bei Spaziergängen gehört hatte und der ein Freund des Wildes zu sein schien, da immer kurz nach seinen Schreien jagender Galopp der flüchtenden Tiere zu hören war, – als dieser Vogel nun unvermutet in großer Nähe mit

schrillen wilden Tönen aufflog! Und sollte sie nun zurücklaufen, sich einsperren oder doch noch ein wenig abwarten, welche eigenartigen regelmäßigen Geräusche den Hang heraufkamen? Sie wollte ihrer Angst eine Lehre erteilen, blieb steif und lautlos stehen. Langsam tauchte über der abwärtsgeneigten Wiesenkuppe ein Hut auf, ein Männergesicht, der Lauf eines Gewehres, das, man sah es beim Höherkommen, über die Schulter gehängt war; Kniehosen, schweres Schuhwerk – ein Jäger! Der Mann erhellte sich beim Näherkommen im Licht, das der Hof noch einige Meter über den Rasen vor dem Haus ausstreuen konnte. Er blickte vorsichtig in das Gehöft und stieg mit unverändertem Tempo weiter daran vorbei. Lici, die selbst ganz im Schatten gestanden war, lief blindlings vor und rief: „Grüß Gott!" Der Mann hielt an und schien mindestens ebenso erschrocken wie sie. Er zog seinen Hut tiefer und gab keine Antwort. Die Hände in der Jackentasche, gab sie ihrem Zuschreiten auf ihn Bewegungen, als wäre sie gerade vom Beerenpflücken gekommen, als hätte sie die Gartenblumen inspiziert. Jedenfalls locker; war es nicht selbstverständlich, in der finsteren Nacht ein wenig zu promenieren? Seine Statur im Gegenlicht kam ihr jetzt sogar bekannt vor: „Sind Sie nicht der Seppl?" Das war der Sohn der Nachbarbäuerin; wo aber war sein Hund, den er immer bei sich hatte? „Nein", kam es gequetscht zurück, aber in reinem Hochdeutsch. Also begann Lici eine Konversation, die sehr einseitig war, und in deren Verlauf sie sich mehr dem Haus, dem Licht und diesem Jäger näherte. Ob er denn etwas geschossen habe; schon während der Frage fiel ihr die Schonzeit der meisten Tiere ein. Aber sie gab sich ganz als typische Städterin, wer kannte sie hier nicht und mußte daher ihre Unwissenheit entschuldigen! Daß er wiederum ein knappes „Nein" von sich gab, erstaunte Lici nicht, er hatte ja auch keine Beute bei sich. Warum klopfte ihr Herz so verängstigt, und warum sprach sie auf einen Menschen ein, als wolle sie ihn von einer Bedrohung abbringen, die er gar nicht angedeutet hatte? Sie ließ nicht ab, eine freundliche Unterhaltung führen zu wollen und fragte nun (welcher Teufel ritt sie?), was er denn sonst im Walde getan habe? Ihr zutrauliches Gelächle dabei war dem Gegenüber anscheinend überhaupt unerträglich; er sagte, den Kopf gesenkt und leicht an ihr vorbeigewendet, er sei „Füchse schauen" gewesen. Jetzt war sie sogar nicht einmal imstande, sich damit zufriedenzugeben, sondern fragte noch lang und breit, ob die im Vorjahr grassierende Tollwut schon gänzlich abgeklungen sei, wie es denn nun um den Fuchsbestand stünde ... Der Mann murmelte etwas von „daß die Füchse nicht mehr krank seien" und zog sich Schritt für Schritt nach hinten zurück. Durch die Schatten der Verstrebungen, die im Sommer das dichte Weinlaub vor dem Haus zu einem kühlen Vordach stützten, sah sie seine vergitterte Figur sich schrittweise verkleinern; sie erhaschte aber noch einen kurzen Anblick seines Gesichtes, das ihr bekannt, aber völlig unvertraut war. Seit Jahren kamen hier Jäger vorbei; zusammen mit Paul hatte man sich öfters vor dem Haus über den Wildbestand, die Fasanenfütterung, die guten und schlechten Jagdergebnisse unterhalten; dabei auch ein Glas Schnaps geleert. Dieser Mensch hier war ein Fremder für Lici. Sie ging unter heiteren Abschiedsworten, als habe man ein nettes Abendgespräch geführt, vorsichtig rückwärts, genau wie er. Schließlich war er verschwunden. Lici rannte hinter das Tor, stieß es ins Schloß, riegelte ab, wo sie nur etwas dafür vorfand. Im Wohngebäude verschloß sie ebenfalls alles, was auch nur den geringsten Einblick gestattet hätte; saß dann neben dem warmen Ofen, dem einzigen Lebewesen außer ihr, und wartete ab, daß sie sich beruhigte ...

War das nicht der Mann gewesen, den sie, ein paarmal war er ihr im Ortsgasthaus aufgefallen durch die Art, wie er den anderen Männern an der Theke etwas anschaffte oder sie abkanzelte, – den sie, wenn vom „Tierpräparator" die Rede gewesen war, instinktiv mit diesem grobschlächti-

gen Menschen in Verbindung gebracht hatte? Den „eigentlichen“ Tierpräparator hatte sie noch nie kennengelernt, nur seine verschlossene Frau und die scheuen Kinder, die sich um ein paar Felder und Wiesen ihres kleinen Anwesens bemühten, das ziemlich nahe von Pauls und Licis Gehöft gelegen war. Aber was hatte man nicht alles über ihn gehört! Es werde angenommen, im Vertrauen sei es der ganzen Ortschaft bekannt, daß er sich Tiere, die es zu präparieren galt, selbst aus dem Wald holte. Ja, ein Wilderer, alles deutete darauf hin. Außerdem war er doch derjenige, erinnerte sich Lici, der vor einiger Zeit die Einrichtung der Diskothek „Amore“ im Nachbarort zerlegt, die Besucher in Angst und Schrecken versetzt haben sollte . . .
Sie fand noch eine alte Schlaftablette in ihrer Handtasche, legte eine kleine Hacke neben ihr Bett und ging schlafen. Den nächsten Tag lief sie durch die Wälder, hetzte sich ab, bergauf und bergab. Hatte sie nicht vorgehabt, einiges in Ruhe zu überlegen, sich zu besinnen? Stattdessen durchkeuchte sie die Gegend, marterte ihren untrainierten Körper. Sie registrierte bestenfalls einmal vom Waldrand aus die Spitzen des auf der Anhöhe liegenden Dorfes, den Kirchturm, das Dach der neuen Postsparkasse, den modischen Rauchfang des „Künstlers“, eines trinkfreudigen Mannes, der die Umgebung mit unförmigen Christusmarterln verschandelte und an neuen Häusern Wandmalereien anbrachte, deren Hauptmotive im hohen Gebirge lauschende Gemsen, Abendröten und für dieses Bundesland unpassende Tiroler Bauernszenen darstellten.
Diesmal schlief sie gut, am Morgen machte sie sich zur Rückfahrt in die Stadt bereit. Der Wasserhaupthahn mußte abgedreht, der Strom abgeschaltet werden, dies und das putzte sie, um der Witwe, die bald säubern kommen würde, keinen allzu schlechten Eindruck zu hinterlassen. Aber nebenbei hörte sie ständig Hundegebell, Menschenrufe aus dem Tal; und, am unverständlichsten: Kreisen von Hubschraubern über ihrem Haus, der Umgebung.

Dieser Aufenthalt hatte ihr nicht sehr gut getan, es war am besten, schnell in die Stadt zurückzukehren. Bei den doch ziemlich weit entfernten Nachbarbauern ließ sie ihr Auto stehen, wollte in den Hof hinein und sich verabschieden; alles war fest verschlossen. Auch die bekannte „heimliche" Hintertüre war nicht aufzubringen. Sie rief laut den Namen der Familie, hörte den Hund winseln. Hatte sich hinter der heruntergelassenen Jalousie nicht der Vorhang ganz deutlich bewegt? Sie fuhr noch das kurze Stück bis zum nächsten Hof, um sich zu erkundigen. Ebenfalls alles verschlossen; sicher, sie hatte nicht daran gedacht, waren die Leute in der Kirche, feierten vielleicht eine Hochzeit. Aber der alte Großvater hatte doch seit Jahren das Haus gehütet und jederzeit zahnlos aus dem Tor gelacht!
Hinein in den Wagen, schnell zurück in die Stadt; war sie hier nicht mehr ganz bei Sinnen, war ihre Situation kritischer, als sie sich zugeben wollte? Sie fuhr viel zu schnell, aber das Tempo beruhigte sie. Der Anblick der ersten Geschwindigkeitsbeschränkungs-Tafeln, der Stau auf der Autobahn, der sich der Stadt entgegen verdichtete, wirkten erleichternd.
Sie hatte ihren vertrauten Aufenthaltsort aus Gründen verlassen, die sie nicht verstand; je mehr ihr die Stadt entgegenkam, desto besser schien sie sich wieder in den Griff zu bekommen. Dort vorne war höchstwahrscheinlich der Ort, an dem sie ihre verschiedenen Kämpfe austragen mußte; sie war sich jetzt dessen sicher. Dort war sie beschädigt worden, dort würde sie sich wieder reparieren. Unter lauter Radiomusik fuhr sie mitsingend in die Stätte ihrer Bedrükkungen ein.

Der nächste Tag fing schon viel heiterer an. Alte Freunde, bei denen sich Lici längst nicht mehr zu melden getraut hatte, da sie nicht wußte, ob man nach ihrer Trennung von Paul auf ihre Gesellschaft allein noch Wert legte, riefen in aller Frühe an. Es war eine beiderseitige Freude, sich doch nicht verloren zu haben. Lici wurde eingeladen, noch am selben Abend einem Haus-Cellokonzert mit einer recht bekannten ausländischen Künstlerin (der Name war Lici kein Begriff) beizuwohnen. Man hatte auch versucht, Paul zu erreichen, der sei aber wohl ebenfalls wie Lici in den letzten Tagen verreist gewesen? Leider ja, Paul sei noch einige weitere Zeit geschäftlich im Ausland. Sie, Lici, freue sich und käme gerne! Bis bald!

Da man sie schon so früh und so freundlich geweckt hatte, beschloß sie, vor dem Gang zur Arbeit, die ihr zur Zeit überhaupt keine Freude machte, was schon längst durch Kurts halb fragendes, halb ungeduldiges Verhalten bestätigt wurde, im Kaffeehaus nebenan die Zeitung zu lesen und, warum nicht, dort das Frühstück einzunehmen. Schon in den ersten zwei Sitznischen traf sie Bekannte, alles Leute aus der Umgebung, die hier wohnten oder Geschäfte besaßen und wahrscheinlich täglich um diese Zeit hier saßen. Man grüßte sich, fragte, wie es denn so ginge; und keiner nahm an, daß sich der Gefragte die Haare raufen, tatsächlich seine Sorgen und Nöte von sich geben werde. Unter Antworten, die alle zurfriedenstellten und niemanden zum Weiterfragen nötigten, wurden einander entweder doppelt vorhandene oder bereits gelesene Zeitungen übergeben; die drei wichtigsten Tageszeitungen schienen überhaupt nur unter Eingeweihten weitergereicht zu werden.

Alle waren so nett, eine wirklich angenehme Stimmung. Was hatte Lici nur immer gegen diesen alten Ober gehabt, warum war sie früher nicht imstande gewesen, seine abgedroschenen Scherze heiter aufzunehmen? Als er das Frühstück brachte, stellte er mit den Semmeln „das Getreide" auf den Tisch; und als Lici dann zur Zeitung griff, mußte er (obwohl mit drei überfüllten Tabletts beladen), ihr bedeutungsvoll zugeneigt, länger ihr Aufblicken abwartend, „viel Freude an der morgendlichen Erbauung" wünschen! Erstmals brachte Lici jenes Lächeln hervor, das er ihr schon mit zahlreichen Tricks hervorzulocken versucht hatte. So lief er gleich geschäftig weiter, hatte endlich seinen Triumph. Heute schien alles im rechten Lot zu sein. Allerdings hatte Lici, vom Ober abgelenkt, beim Aufblättern der Zeitung irgend etwas irritiert. Sie schloß das „erbauende" Schriftstück nochmals, um es nun ungestört von der ersten Seite an durchzulesen. Auf der Titelseite war in großer Überschrift von einem Doppelmord die Rede, Weiteres auf Seite vier; in kleiner Gedrucktem von Auseinandersetzungen im Parlament, Konflikten zwischen zwei Landeshauptmännern, der Rückkehr des Bundeskanzlers von einer missionarischen Orientreise; irgendein Fußballer hatte sich eine Bänderzerrung zugezogen, das schmerzverzerrte dazugehörige Gesicht auf dem Bild war aber das des Trainers, dem diese Katastrophe, so kurz vor einem Länderspiel, stark zusetzte. Lici blätterte weiter, bei Abbildungen handelte es sich vornehmlich um Politiker, sei es als Porträt oder in verbindlicher, händeschüttelnder Pose. Wenn man nicht annehmen durfte, daß die meisten sich wahrlich abmühten, ihre Partei, den Ruf ihres Landes um einige Zentimeter nach vorn zu bringen, hätte man so manches dickliche, getränkefreudige oder scheinheilige Antlitz kaum betrachten können.

Aber auf Seite vier war groß und deutlich das Gesicht des „Tierpräparators" abgebildet! Was war mit ihm geschehen? Er war, er sollte, vorgestern nacht, noch sei nichts zu beweisen, dieser verschlossene Mensch gebe kein Wort von sich, die Indizien sprächen aber eindeutig dafür, er solle nachts im Wald zwei junge Menschen, die sich ein „Schäferstündchen" erlauben wollten, durch Gewehrschüsse umgebracht haben! Die Mordstelle wurde genau angegeben, Ortsnamen und die Lage des Feldes, auf dem man nach längerem Suchen mit Hunden und Hubschraubern die Leichen gefunden hatte. Alle diese Plätze, Lici hatte sich rasch in die lapidaren Auskünfte hineinversetzt, diese Mord-, Verschlepp- und Fundstellen lagen höchstens zwei- bis dreihundert Meter von dem Haus entfernt, das sie

gestern so hastig verlassen hatte! Sie hatte sich also an einem Abend mit jemandem über Füchse unterhalten, der die Nacht darauf zwei junge Leute umbrachte? Und die verschlossenen Häuser bei ihrer Abfahrt hatten wohl bedeutet, daß man sich verkroch und versteckte, daß man von dem Verbrechen schon wußte, aber noch nicht den Täter kannte? Sie hatte also richtig gehört; all die Stimmen, das Hundegebell, die kreisenden Hubschrauber . . .
Der Antiquitätenhändler am Nebentisch, der flink ihr Weglegen der Zeitung dazu nützte, ihr die seine zum Tausch anzubieten, mußte sich über die Veränderung an Lici gewundert haben, die selbstverständlich, aber geistesabwesend, damit einverstanden war.
Sie blätterte nun alle verfügbaren Zeitungen durch, überall stand dasselbe, zumindest ähnlich: in den seriöseren Blättern wurde der Fall in kleinen Artikeln als eine Sache abgetan, deren nähere Umstände noch unbekannt seien; in den sensationslüsternen Schriften war man bereits dazu übergegangen, einen sexbesessenen Unhold darzustellen.
Was war denn plötzlich mit Licis Leben passiert? Warum verstärkte sich zunehmend das Gefühl, jeden Grund unter sich zu verlieren? Ein Mann, der ihr zwar Furcht eingeflößt hatte, mit dem sie aber vor zwei Tagen eine Art Gespräch geführt hatte, war nun, konnte man annehmen, ein Mörder geworden. Ein lebendiges, lustiges, schönes Mädchen, Lisa, hatte an einem Tag mit Lici am Telefon geredet, tausend Pläne gehabt – und war am nächsten Tag tot! Ein wohlwollender, gewisse Machtbefugnisse besitzender Mensch hatte sich mit ihren Ideen solidarisch erklärt und sie dennoch, nicht einmal den Termin seiner Antwort konnte er einhalten, mit einem höflichen Tritt aus ihren Bemühungen hinauskatapultiert. Ein Leo hatte sie, nach einem kurzen Auskundschaftsbesuch, bei dem er sie als Frau hatte begutachten können, wiedersehen wollen, das baldige Treffen angekündigt – und war verschwunden. Konnte man sicher

sein, daß der alte Ober dort drüben nicht jederzeit hinabsinken würde, all den Kaffee über sich geschüttet, unversehens einem Herzversagen erlegen? War sie sicher, daß sie nicht selbst aufstehen würde, den Marmortisch umkippen, um laut und sinnlos zu schreien? Oder das Fenster einzuschlagen? Oder dem ins Lesen vertieften Antiquitätenhändler den schweren Gummibaum auf dem Gesims über ihm auf den Kopf fallen zu lassen? Diese Vorstellung dämpfte durch ihre unartige Witzigkeit die höllische Hysterie, die kurz in Lici aufstieg und in der sie noch zu denken imstande gewesen war, daß man wohl auf diese Weise ebenfalls sehr rasch „überschnappen", verrückt werden könnte.
Sie verbrachte den Tag mit Arbeiten, die sie fast automatisch verrichten konnte; Dinge, in denen sie genug Übung hatte, um durch die Abwesenheit ihrer Gedanken nicht Fehler zu begehen. Alles Schwierige wollte sie sich für morgen – oder, wenn Zeit war, für die nächsten Tage aufheben. Sie ging, sobald es möglich war, nach Hause, nahm ein ausgiebiges Bad, kleidete sich „gediegen", dachte an Cello-Musik. Sie mochte dieses Instrument sehr.
Welch eine Aufmunterung war es zu sehen, daß es noch gut eingerichtete Wohnungen gab, in denen man sich ausgesprochen wohl fühlen konnte. Überall brannten Kerzen, die beiden Gastgeber freuten sich nacheinander über jeden Ankommenden; und wenn sie auch nicht wirklich so empfanden – es tat Lici gut, mit kleinen Küssen rechts und links begrüßt zu werden, ihre Aufmachung als „bezaubernd" beurteilt zu hören. Sie sehe so gut und erholt aus, sagte man ihr, und sie dankte freundlich; dachte dabei an das Geschminke, mit dem sie sich so ausdauernd beschäftigt hatte.
Hier war alles bis ins kleinste vorbereitet, sicher nichts dem Zufall überlassen. In einem der Räume stand ein geschlossener Flügel, daran gelehnt das Cello. Ringsum sammelten sich die Gäste, alle sahen wohltuend gepflegt aus, an einer

Stelle wurde gescherzt, an anderer Stelle diskutiert, wozu auch nicht das passende Kaminfeuer fehlte. Lici durfte die Künstlerin kennenlernen. Die stand ein wenig verloren herum; aber da sie nur französisch sprach, trauten sich nur wenige Eingeladene, sie in dieser Sprache anzureden. Lici wagte das Experiment und unterhielt sich mühevoll mit dem scheuen Wesen. Es ging ganz gut, man hatte nach einigen Minuten das zur Zeit herrschende Wetter besprochen und viel von den Tellern abgehoben, die, mit kleinen schmackhaften Köstlichkeiten belegt, von Kellnern und Dienstboten gereicht wurden. Die Künstlerin aß recht ordentlich, Lici überlegte kurz, daß sie doch in gebeugter Stellung würde agieren müssen; es schien ihr aber nichts auszumachen. Nur Getränke lehnte sie ab, Lici hingegen nahm ein Glas Wein. Die Gastgeberin segelte frohgesichtig heran, ihr Französisch war mehr als perfekt; sie zog neue Damen und Herren hinter sich her, Lici glitt in eine andere Gesprächsgruppe über. Da waren ja Rudi und Traude und – Karin mit Elmar! Die beiden Paare gerade waren es, die Lici nach der Trennung von Paul anscheinend vergessen, sich nie mehr bei ihr gemeldet hatten. Karin und Elmar jedenfalls war es wohl aus dem Gedächtnis verschwunden, daß sie mehrere Jahre mit ihren Kindern Weihnachten, Ostern, oft auch Tage im Sommer auf dem Land, in Pauls Haus verbracht, sich meist selbst gerne dazu eingeladen hatten. Aber nun großes Entschuldigen, jeder hatte so viel zu tun gehabt, man mochte an einem so festlichen Abend Lici damit gar nicht belästigen ... Karin hatte nicht ihre Art verloren, mit größtem Interesse nach Dingen zu fragen, die man angestrengt zu beantworten suchte, um dann, wenn man es ungefähr richtig hätte wiedergeben oder beschreiben können, gar nicht mehr von ihr beachtet zu werden; sie reichte bereits dem nächsten in anmutiger Wiedersehensfreude die geschmückte Hand. Elmar dagegen, er war immer ein liebenswerter Spaßmacher gewesen, war älter geworden; und zwar so, daß man es ihm auch plötzlich

ansah. Er gab statt einer kleinen Erzählung nur mehr inhaltsloses lautes Gelächter von sich und bestenfalls Sprichworte, die sich mit nichts, auch nicht mit Heiterkeit in Verbindung bringen ließen.
Lici forschte noch weiter durch die Räume, hatte Spaß mit der kleinen Hauskatze und wurde sogleich von einem blonden Herrn, der sein Hosenbein auszubeulen bereit war, da er sich ebenfalls zum Tier hinabkniete, in dieser Unterhaltung gestört. Er streichelte die Katze und, wahrscheinlich hatte er nie ein solches Tier besessen, drückte sie dabei so sehr gegen den Boden, daß die Arme ihn biß und miauend wegfegte. Der junge Mann blickte erschreckt auf die kleinen Zahnabdrücke an seinem Daumen und mit Lici zusammen, die noch immer geneigt danebenstand, auf die leere Stelle, die doch gerade noch von einem sich räkelnden Lebewesen bedeckt gewesen war. So wie sie da gebeugt hinuntersahen, nahm jeder andere wohl an, daß man hier zu zweit nach einem verlorenen Schmuckstück suche. Lici kam, als sie sich wieder aufrichtete, kurz die Erinnerung an das Kinderspiel „Versteinern" oder „Figurenreißen", bei dem man mitten in der Bewegung einhalten mußte und die Unbeteiligten sich über die ausgefallenen Stellungen amüsierten, in denen man, oft gruppenweise, stillzuhalten hatte, bis die erlösenden Worte kamen und man sich wieder rühren durfte.
Die Gastgeberin klatschte in die Hände und sagte ihre allseits erlösenden Worte: daß man sich zum Zuhören bereit machen solle. Man war froh, sich auf eine der zahlreichen Sitzgelegenheiten rund um das Klavier niederlassen zu können.
Lici versank in einer weichen Sitzbank, war anscheinend einem älteren Ehepaar zuvorgekommen; man nahm höflich geteilt links und rechts von ihr Platz. Die Künstlerin setzte sich ebenfalls, nahm das Instrument zwischen die Beine, neigte den Kopf nach vor und zerstörte sogleich ihre gepflegte Frisur, das lange Haar fiel über ihr Gesicht. Lici

liebte die Musik, aber immer wenn sie bei Veranstaltungen anwesend war, bemerkte sie so viele ungünstige oder komische Sachen, daß sie sich dabei nie recht konzentrieren konnte. Diese Frau war nun ihrer Umgebung endgültig entrückt, ihr Körper begann sich schon im voraus zu wiegen; alles wartete stumm.

Sehr schön, dieses Adagio aus der Toccata in C von Bach, Lici kannte mehrere Aufnahmen davon und zuckte unversehens zusammen, wenn sich kleine Mißtöne einschlichen. Anschließend wurde aus Bachs Suiten für Violoncello gespielt, zwei beruhigende, geometrische Stücke. Lici betrachtete kurz ihren beleibten Nebensitzer und sah an seinen hängenden Augenlidern, dem unkontrolliert schlappen Mund, daß er eben dabei war einzuschlafen, nicht mehr wußte, was er da hörte.

Lici ließ sich von den wohltuenden Tönen langsam einspinnen, konnte jedoch wegen einiger Kickser, die ihr gereiztes Gehör trafen, nicht völlig versinken; gab sich aber mit dem Ablauf der Musik immer wieder neuen optischen Vorstellungen hin, mußte es eigentlich automatisch. Ähnlich einem Kaleidoskop, das man dreht, gruppierten sich immer neue Figuren, ersetzte das eine Gebilde in nahtloser Reihenfolge das vorige, um ebenfalls bald wieder von überraschend neuen Gestaltungen abgelöst zu werden. Obwohl sie mithörte, die Augen halb geschlossen hielt, konnte sie nicht vermeiden, sich die gegenübersitzenden, zum Großteil mit ihren Körpern hinter dem Klavier verborgenen Menschen anzusehen. Einige wurden durch das Instrument so ungünstig abgeschnitten, daß sie geköpften Häuptern glichen, die nun mit versunkenen Mienen, sich schließenden und öffnenden Augen, Rauch ausblasend und sich leicht mitwiegend, auf das Klavier gelegt worden waren. Wenn zwei Köpfe sich etwas zuflüsterten und dabei über dem Flügel hin- und zurückschoben, oder sich nur einander zu-, voneinander abwandten, war das ein beeindruckender Anblick.

Eigentlich waren fast alle Frauen hübsch anzusehen. Originelle Kleidung, lustige Hütchen, Accessoires aller Art, vorteilhafte Schminke – aber nicht nur das, fast jede hatte einen persönlichen Ausdruck in ihrer Haltung, in ihrem Lauschen, ihrer Mimik. Die Männer wirkten dagegen fast armselig. Waren sie nicht alle so ziemlich dieselbe Generation? Viele von ihnen mußten zwischen vierzig und fünfzig Jahre alt sein, also entweder vor oder während des Krieges geboren. Lici hatte Paul, der auch in diesem Alter, aber für sie doch anders war, einmal ihre Theorie von den „Altspatzen" erklärt: Das waren für sie Männer, die anscheinend ihre Pubertät in all den Kriegs- und Nachkriegswirren nicht richtig ausleben hatten können; erst viel später, schon fast als junge Männer, waren sie dann die flotten und schneidigen Jazzclub- und „Party"-Geher geworden, protzten mit der Anzahl der aufgegabelten Mädchen, ruinierten ihre Motorroller oder die Autos ihrer Väter, mußten sich „antrinken" und den Angehörigen Sorge bereiten. Aber trotzdem hatten alle brav ihr Studium absolviert, besaßen inzwischen verantwortungsvolle Posten, und von den meisten saßen hier irgendwo die Ehefrauen, mit denen sie daheim zwei oder drei Kinder hatten. Nur, da sie einst einen sehr wichtigen Teil ihrer Entwicklung unterdrücken, hilflos überbrücken mußten, lebten sie weiter in einer Glorifizierung ihrer Jugendzeit; war ein Großteil von ihnen noch immer versteckt große Buben. Man konnte sich vorstellen, wie diese schläfrigen und versackten Mienen aufblühen würden, wenn sie, ihre Bäuche, Brillen, den Haarausfall vergessend, wieder einmal eng an eine knakkige Person geschmiegt, zur Musik von Frank Sinatra oder eines anderen „Crooners" tanzen könnten; oder selbst noch einen Boogie-Woogie. Und dazu einfach blödeln, wie in alten Zeiten! . . .
Lici wurde aus den Gedanken gerissen, sah fast zur Erholung das wohlgeformte Antlitz des blonden jungen Mannes zu sich herüberlächeln und stimmte in den Applaus ein.

Nachfolgend wurde ein Jüngling vorgestellt und freundlich aufgenommen, der von der Künstlerin als ihr Schützling Jean bezeichnet wurde, der sie in den folgenden Stücken am Flügel begleiten wollte. Es wurde nun das Preislied aus Wagners „Meistersingern" dargeboten. Konnte man sich an so etwas heranwagen, ohne Pablo Casals zu sein? Es ging einigermaßen, nach den beruhigenden Bach-Suiten kam nun seliger Überschwang in den Raum. Der Jüngling vergriff sich zwar anfangs ordentlich in den Tasten und blickte verstohlen nach seiner Mentorin, die ihm jedoch beruhigend zunickte und selber mutig den Bogen weiterführte. Es wurde immer besser. Licis Blick verfing sich kurz in den Augen des blonden Mannes, es tauchten in ihr sogar kleine Überlegungen auf bezüglich eines erfrischenden nächtlichen Erlebnisses ... aber dafür sollte sie vielleicht doch lieber wieder einmal Wuzel heranziehen, wer wußte, welche Schwierigkeiten ein neuer Partner mit sich bringen würde; vielleicht verliebte man sich noch in sie oder wurde zu anhänglich!

Und während das „Preislied" immer mehr dem Sieg entgegenschwoll, wurde Lici sehr deprimiert und kam sich absurd vor. Sie war in die Lage geraten, wieder andere Männer beachten zu müssen, sich mit ihrem Anblick zu beschäftigen; tat überhaupt, als würde sie ungebrochen eine alte Gewohnheit weiterführen, und war doch nur darum bemüht, sich abzulenken.

Leo wäre jetzt und immer der einzige von allen gewesen, dem ihr wahres Interesse, ihre Zärtlichkeit, ganze Zuneigung, was auch immer, gegolten hätte. Immer noch galt. Und während die Melodie in letztes Jubilieren überging, mußte Lici aufstehen, hinausgehen; sie konnte diesem Ansturm von Bedürfnis nach Weinen kaum mehr standhalten. Sie verabschiedete sich leise von der Gastgeberin, die ihr besorgt nach draußen gefolgt war und ihr noch die folgende Brahms-Sonate schmackhaft zu machen versuchte. Lici entschuldigte sich mit wichtigen morgigen

Pflichten, die schon in aller Frühe auf sie warteten. Sie umarmten sich noch rasch, und Lici ging.
Es war eine Wohltat, im Auto endlich die Tränen laufen lassen zu dürfen. Manchmal konnte sie bereits für Leo so gut wie gar nichts empfinden. War imstande, ihn völlig objektiv zu sehen und damit als reine Katastrophe, vor der man froh sein mußte, verschont worden zu sein. Dann aber kam irgendein kleiner Gedanke, eine winzige Erinnerung an Dinge, die ihr „zu Herzen" gingen, und es war um ihre Fassung geschehen. Was sie noch unglücklicher machte, war die sehr wahrscheinliche Unfähigkeit, einen solchen Gefühlssturm (es war nicht nur Leidenschaft, es war etwas ganz anderes) jemals wieder für einen anderen Mann verspüren zu können. Zu hoffen, daß bald einer vor ihr dastehen und augenblicklich Leo vergessen machen könnte, dazu war sie zu alt und kannte sich selbst zu gut.
Langsam fuhr sie auf die Innenstadt zu, schließlich einer Ampel entgegen, die rot leuchtete und den Weg auf die große ringförmige Straße versperrte. Sie zerrte Papiertaschentücher aus der Tasche, wartete, sich schneuzend und gebückt zum Licht aufschauend. Neben ihr hielt ein anderer hellfarbiger Wagen; hoffentlich war man nicht daran interessiert, Lici beim Heulen zuzuschauen. Ein Blick hinüber ließ sie leicht erschrecken. Vier brutale Typen in Lederjakken preßten ihre Nasen gegen die Fensterscheiben und schnitten abstoßende Grimassen. Ein vorne Sitzender kurbelte sein Fenster hinunter und deutete ihr zu, dasselbe mit dem ihren zu machen. Lici betrachtete hoheitsvoll die Ampel, es wurde grün, sie gab Gas. Es war erstaunlich, wie schnell sie dieses Verlangen nach Händewaschen und Zähneputzen bekommen hatte, als sie so unversehens mit der Nähe dieser verbrecherisch aussehenden Männer konfrontiert wurde. Die breite Straße lag ruhig und leer vor ihr, die Bäume links und rechts trugen schon kleine Blätter, deren von der Straßenbeleuchtung kulissenhaft gefärbtes Grün in den schwarzen Himmel überging. Hinter Lici hatte sich

recht eigentümlich ein Wagen angehängt. Gab sie Gas, kam er gleich mit, bremste sie, befolgte er auch dieses. Was sie besonders störte, waren die aufgeblendeten Scheinwerfer, die sie im Rückspiegel unangenehm irritierten. Sie versuchte, etwas besser nach hinten zu spähen, erkannte dann beim Außenspiegel einen hellen Wagen und als seine Insassen die vier Gangster!
Was dachten sich die, welches arme Schaf sie hier beim Fahren einschüchtern konnten? Wenn sie es so wollten, sollten sie es haben! Lici würde diesen Kerlen zeigen, daß sie fahren konnte. So fuhr sie mit allem, womit ihr der Motor dienen konnte, los, dahin über die alleeartige Paradestraße; hinter ihr der Verfolgerwagen, der nicht im Sinne zu haben schien, von ihr abzulassen. Jetzt wollte man sie auch noch überholen, womöglich zum Stehenbleiben zwingen! Das kam nicht in Frage. Lici schnitt ihnen gekonnt den Weg ab, wann immer das helle Auto seitlich aufzuholen versuchte. Der Lärm der quietschenden Reifen ließ einige Fußgeher ihnen stocksteif nachblicken. Aber Polizei, nach der Lici langsam Ausschau zu halten begann, war natürlich jetzt, wo man sie brauchte, nicht zu sehen. Sie näherten sich einer Kreuzung, die als wichtige Einzugsstrecke in die Innenstadt schwer bei rotem Licht zu befahren sein würde; man mußte es versuchen. Aber es kam eine kleine Kolonne von Fahrzeugen quer angefahren, Lici machte Halt. Neben ihr blieb sofort mit unheilvollem Aufjaulen das Kleeblatt-Auto stehen. Lici befreite sich vom Gurt, so konnte man ja nicht fahren; sie drückte in Windeseile alle vier Knöpfe an den Türen hinunter, wollte nicht von diesen Gewalttätern, die jetzt auch noch mit der Faust drohten, aus dem offenen Fenster auf sie zuspuckten und ihr ärgste Schimpfworte zubrüllten, aus dem Fahrzeug gezerrt und mißhandelt werden. Sie sah keinen einzigen Polizisten, mußte jetzt wohl selber um ihr Leben fahren, sonst nichts. Sie wartete nicht lange, bis es endlich grün wurde, sondern gab Gas, sobald sie kein herannahendes Auto mehr erken-

nen konnte. Hatte sie mit Absicht während des Stillstandes links geblinkt, so fuhr sie nun rasant nach rechts. Da war das alte Theater, das man an der Rückseite rund umfahren mußte, um in Licis Gegend zu gelangen. Diese Kurve schnitt sie scharf; entgegenkommende Fahrzeuge hätte sie ja rechtzeitig am Scheinwerferlicht erkannt. Dann die erste, zweite, dritte Gasse rechts knapp hinein; diese Ecke war für die Verfolger bestimmt nicht leicht zu nehmen, da war sich Lici sicher: hier mußte man sich schon gut auskennen! Aber schon kam das bewußte Licht nach, es galt Gas zu geben und mit dem letzten gelben Blinken noch in die kommende Kreuzung einzufahren, gleich wieder scharf rechts abzubiegen. Die Straße verlief schnurgerade, Lici hoffte, daß kein Passant vorhatte, sie eben zu überqueren. Die Polizei schien heute an einer weiträumigen Seuche erkrankt zu sein, nichts ließ sich blicken, geschweige denn eine Funkstreife! Zum Glück stand ihr Haus in einem Gewirr von Gassen, deren Einbahn- und Stopptafelsysteme man kennen mußte, um beschleunigt durchzukommen. Aber wohin immer sie einbog, halsbrecherisch langsamere Wagen überholend; das grelle Licht blieb ihr dicht auf den Fersen. Die schafften es sogar, sie hinten ab und zu mit der Stoßstange zu rempeln. Lici kam in Panik. Hier stand ihr Haus, hier hätte sie geparkt – und was tat sie? Sie jagte daran vorbei, nie hätte sie gewagt, unter solchen Umständen in diesen verlassenen Gassen stehenzubleiben! Die Fahrt ging weiter wie im Ringelspiel. Man mußte zugeben, so unglaublich es ihr in Filmen auch vorgekommen war: in der Not war man tatsächlich zu einiger Akrobatik fähig. Wieder ein runder Platz mit Kirche, wieder den Weg bis zur Abbiegung kerzengerade durchschnitten, rechts abgebogen, links, rechts, und immer diese Ferkel hinter sich! Nun näherte sich der große Platz mit dem alten Dom; dort war zwar Fußgängerzone, aber immerhin auch meist ein Polizist! Lici hatte fest vor, über das für Fahrzeuge verbotene Gelände weiterzufahren. Doch plötzlich leuchtete in ihrem

Rückspiegel ein rotes Licht auf, das auf und ab geschwenkt wurde! Polizei! Aber das waren doch die Vier? Waren denn alle verrückt geworden? Oder nur sie? Lici bremste und blieb mit Atemnot und Herzklopfen sitzen. Vor ihr der schöne alte Dom in ehrwürdiger Nachtbeleuchtung.
Die Männer stiegen türenknallend aus ihrem Gefährt, einer war größer und korpulenter als der andere. „Polizei! Aussteigen!" hörte sie von außen rufen. Sie deutete von innen hinaus (daß sie überhaupt auf diesen Gedanken kam!), sie wolle zuerst Ausweise, Legitimationen sehen. Ein zynisch grinsender Flegel öffnete den Zippverschluß seiner Lederjacke, holte ein Etui aus dem Wanst und klopfte mit einer metallenen runden Scheibe unduldsam gegen ihr Fenster. Also stieg sie aus. Drei Männer standen jetzt um sie herum, der vierte saß im Wagen, wo es piepste und pfiff, und sprach zu jemandem, anscheinend über Funk.
„Madame, fahren können S', aber im besoffenen Zustand kann man viel! In ihrer Haut möcht' ich heut nicht stecken!" Rundum liederliches Geschmunzel. „Wir haben Beweise, daß sie allein an der Peterskirche mit neunzig Stundenkilometer vorbeigefahren sind. Es war gar nicht so leicht, ihnen die Schneid abzukaufen. Wie gehts denn jetzt, so ohne Sitzfläche, wolln ma nicht ein paar Schritterln probieren?" Lici fühlte sich wirklich ziemlich wackelig, sie hatte diese Stuntmen-Szene im seidenen Kleid und hochhackigen Schuhen hingelegt. Sie hätte sich gerne fallen lassen. Aber daß man sie zu einer betrunkenen, amokfahrenden Person manipulieren wollte, war ihr sofort klar. Das gab ihr genug Kraft, um ruhig an Ort und Stelle stehenzubleiben, nicht etwa diesen Ochsen etwas vorzutrippeln; und allen der Reihe nach gelassen: „Schwein, Schwein, Schwein" zu sagen. Großes Auflachen. Lici mußte sich nun alle ihre begangenen Delikte anhören: weit überhöhte Geschwindigkeit, Schneiden von Kurvenstraßen, Einfahren in gesperrte Kreuzungen, Gefährdung von Menschen, Gefährdung von Sachwerten usw. Außerdem mit größter

Wahrscheinlichkeit hohe Alkoholisierung, da müsse man nicht lange rätseln, sie habe ja ein total verwischtes Gesicht, man hoffe – grausames Gelächter, das sich bei den Herren nicht genug in endlosen Körperschütteleien ausdrücken konnte –, man hoffe, es sei wenigstens ein „befriedigender" Abend beziehungsweise Nacht gewesen! Im übrigen sei die Funkstreife schon verständigt; da könne sie dann ganz herzlich blasen! In ein Röhrl! Aufröhrendes nächstes Gelächter. Lici wollte ungerührt wirken, aber alles an ihr zitterte, sie bot ihnen nun auch noch die Genugtuung, vor Abscheu zu weinen. Trotzdem sagte sie: „Ihr miesen Kopfgeldjäger!"

Die Unterhaltung wurde den vieren, auch der letzte war inzwischen ausgestiegen und machte mit den anderen zusammen den Eindruck ungeduldigen Wartens, allmählich zu langweilig. Anscheinend hatten sie noch etwas vor, sicherlich ähnliches wie bei Lici. Die Funkstreife kam. Gar nicht verwunderlich, daß sich die vier Schlächter und die zwei blutjungen Polizisten die Hände reichten und kollegial begrüßten. Sie tauschten noch ein paar leisere Worte miteinander, dann fuhr das helle Schreckensauto ab.

Das erste, was Lici nun zu hören bekam, war, daß jede ihrer Aussagen vom Kollegen zu Protokoll gebracht und bei der Verhandlung gegen sie verwendet werden könne. Welche Verhandlung? Sie versuchte, dem rotbackigen Milchgesicht den Ablauf der letzten Minuten zu erzählen, sah aber nur in eine aufgesetzte Maske, die ihre Erklärungen damit abtat, daß sie von beeideten Staatsangestellten spreche und sich ihre Lügen später nur zu ihren Ungunsten auswirken würden. Von sich selbst versuchte er ihr Abstand zu gebieten, indem er mehrmals hintereinander erwähnte, daß sie es mit einer „Amtsperson" zu tun habe. Lächerlicher Zwerg. „Wollen Sie jetzt vielleicht ins Röhrl blasen, oder lieber zum Amtsarzt?" Da Lici wußte, daß sich ein Glas Wein gleich zu Beginn des Abends nicht besonders auswirken konnte und sie außerdem endlich diese ganze

dreckige Szene hinter sich bringen wollte, bat sie, möglichst rasch mit dem Test anzufangen. Umständlich löste der Bursche das Ding aus einer Art Hygiene-Verpackung, bastelte noch abgewendet daran herum und überreichte es ihr mit den Worten: „Aus voller Lunge." Ihren verächtlichen Blicken war er noch nicht ganz gewachsen, er blickte kurz auf den Dom, dann klopfte er locker mit den Fingerkuppen auf das Dach des Wagens, in dem sein Kollege mit Bleistift und Block saß, etwas genierter und verlegener wirkend als der andere. Lici vollbrachte die Leistung „aus voller Lunge", und obwohl man es gleich in undurchsichtige Verwahrung bringen wollte, in ein Säckchen stecken, riß sie noch den Arm des Polizeijunkers zurück und sah selbst, daß sich nichts verfärbt hatte. Das schien auch dem Burschen unangenehm zu sein; daher warnte er sie, daß sich die Färbung auch erst nach einiger Zeit einstellen könne. Es wurden ihr die Autoschlüssel abgenommen, die könne sie am nächsten Tag wieder von ihrem Bezirkskommissariat abholen, alles andere käme schriftlich. Auch den Führerschein nahm man ihr. Da ihr Wagen im Parkverbot zum Halten gebracht worden war, klebte man noch einen Vermerk darauf und empfahl ihr, es möglichst bald wegzubringen. „Ohne Führerschein?" Achselzucken. Lici, in ihrer Aufgebrachtheit, hielt die „Amtsperson" noch am Ärmel zurück und fragte: „Haben Sie früher, als sie noch nicht bei der Polizei waren, jemals einen eigenen Satz herausgebracht? Oder sind Sie schon als Marionette geboren worden, junger Mann?" Das würde bei der Verhandlung auch gegen sie verwendet werden! Hinein in den Blauchlichtwagen, fort waren sie. Und Lici ging nach Hause.
Sie verbrachte den Rest der Nacht in großem Aufruhr. Obwohl sie diese Aktion durchschaute, wußte sie nicht, wie sie ihre Rachegefühle für diese fürchterliche Demütigung abreagieren sollte. Sie würde Rudi anrufen, der war Rechtsanwalt! Aber lieber morgen früh, sicher schlief er schon. Sie hätte gerne die Polizei benachrichtigt; ein kindi-

scher Gedanke! Es fiel ihr noch so viel ein, das sie hätte sagen sollen, jetzt im nachhinein hatte sie viel bessere Antworten zur Hand. Vielleicht hätte sich die Reaktion dieser Männergruppe schlagartig geändert, wenn sie etwa gesagt hätte: „Meine Herren, ich bin die Nichte des Bundespräsidenten!" Oder die des Polizeipräsidenten? Nichts konnte sie beruhigen. Gegen Morgen erst schlief sie ein.
Als sie aufwachte, war der halbe Vormittag vergangen. Lici rief bei Irmgard an, bat sie, mittags für sie Zeit zu haben. Irmi willigte ein.
Lici holte vom Kommissariat die Autoschlüssel ab. Der ältere Inspektor machte einen vertrauenswürdigen Eindruck; so fragte sie ihn wie beiläufig, welche Polizei-Zivilfahrzeuge denn manchmal nachts unterwegs seien, in denen man besonders kräftige, athletische Männer beobachten könne? „Das", sagte er und schüttelte ihr die Schlüssel aus einem Nylonbeutel auf den Tisch, „das kann höchstwahrscheinlich nur einer unserer Razziawagen sein." Aha. Sie nahm den Schlüssel, holte das Auto, parkte es an einwandfreier Stelle und hätte sich nicht gewundert, wenn sie dabei auch noch in eine Führerscheinkontrolle geraten wäre.
Das Büro fiel ihr ein: der Stapel Arbeit, den sie sich für heute zurechtgelegt hatte. Für eine glaubwürdige Entschuldigung war es sowieso schon zu spät, sie würde Kurt dann anrufen, ihm irgend etwas erzählen, es war ihr so gleichgültig.
Irmgard saß schon gepflegt und gut gekleidet im Restaurant und las die Speisekarte. Lici schmiß sich neben sie hin und studierte mit. Irmi rückte etwas ab. Sie bat Lici, sich doch gegenüber hinzusetzen, sie habe mit ihr zu reden. Es sei ihr unbequem, dabei immer den Kopf verdrehen zu müssen. Also auch sie wollte sich aussprechen; Lici ließ ihr gerne den Vortritt. Über ihre jüngsten Erlebnisse mit Irmi zu sprechen, hatte ja noch ein bißchen Zeit, sie konnte sich gut vorstellen, daß es der Freundin viel schlimmer ging. Ihr

ganzer Jammer würde nun für lange Zeit nicht nachlassen; es war gut, wenn sie darüber sprechen wollte, es war gut, wenn Irmi das Unabänderliche, das ihr geschehen war, immer und immer wieder durchdenken und aussprechen wollte!

Lici setzte sich ihr abwartend gegenüber. Irmgard begann entschlossen, indem sie gleichzeitig eine sehr gerade Sitzhaltung einnahm und Lici umweglos in die Augen sah. Sie habe über ihrer beider Beziehung nachgedacht, über das, was man früher wohl eine Freundschaft habe nennen können. Sie, Irmi, sei dabei zu dem Schluß gekommen, daß sie Licis Nähe oder Anwesenheit nicht mehr ertragen könne. Zuviel erinnere sie dabei stets an Lisa; und in ihr bleibe wohl für immer ein gehässiger Nachgeschmack gegen Lici, dadurch, daß die eigene Freundin ihr nicht geholfen habe, die Tochter in ihrer jugendlichen Unerfahrenheit besser zu behüten. Daß sie stattdessen eine kumpelhafte Vertrautheit mit Lisa falsch verwendet habe, um sie in all den gefährlichen Unternehmungen, denen ein junges Mädchen ausgesetzt sei, auch noch zu unterstützen. Es habe nicht viel gefehlt und Lici wäre mit all diesen Jugendlichen mitgezogen, wenn sie nicht befürchtet hätte, wegen ihres Alters doch ein wenig belächelt zu werden! Irmi könne überdies nie vergessen, daß Lici Lisas Motorradfahren auf dem Beisitz nicht so wie sie schärfer verurteilt habe. Daß sie Lisa so oft aus eigener Jugend Geschichten erzählt habe, die nur mit knapper Not gut ausgegangen seien: so wie der furchtbare Unfall damals, mit ihrem ersten uralten Auto und dem Lastwagen. Daß sie Erzählungen darüber stets mit so heiteren Begleiterscheinungen geschmückt habe, daß schließlich alles zu Klamauk geworden war; wie hätte Lisa da je Respekt vor der Gefährlichkeit dieser Dinge bekommen sollen? Lisa habe sich auch sonst in vielem nach Lici orientiert . . . Lici habe es überlebt, sitze nun da, in der „Blüte ihrer Jahre“, würde bestimmt noch weiteren Unsinn im Kopf haben und auch ausführen – ihr Kind aber sei tot.

Sie müsse Lici daher noch einmal bitten, von einer weiteren freundschaftlichen Beziehung zu ihr, Irmgard, Abstand zu nehmen und ihr bis jetzt häufiges Beisammensein in hoffentlich beiderseitigem Einverständnis als beendet zu betrachten.
Wo hatte Irmgard diesen gewählten Wortschatz her? Ein paar Worte stammten vielleicht noch von ihrer Scheidung ... Hatte sie es sich vorher zurechtgedacht oder sogar aufgeschrieben? Daß es da kein Zuzwinkern mehr gab, um diesen unseligen Bann zu brechen, war eindeutig. Daß Lici also für Irmgard als leichtsinnige Kindesverführerin dastehen würde, höchstwahrscheinlich noch lange, war unveränderbar. Und daß es nichts mehr gab, auch nicht den verzweifelten Zustand, wenn sie ihn hätte beschreiben dürfen, in den Irmgards Aufkündigung der Freundschaft Lici endgültig gestürzt hatte und mit dem man Irmi hätte von den tiefen Empfindungen überzeugen können, die Lici sehr wohl zu fühlen imstande war (im übrigen mußte sie es doch trotz allem wissen), war offensichtlich. Was mehr konnte man tun, als aufzustehen und zu gehen. Verwirrt zurückzukehren, da man die Jacke am Haken vergessen hatte, und nochmals hinzusehen; in der ärgsten Verlassenheit, die man nur verspüren konnte, und doch bemüht, verständnisvoll zu wirken. „Ja, lebwohl, liebe, liebe Irmi. Ich weiß gar nicht, wie ich ohne dich weitermachen soll." Aber das sagte Lici nur in Gedanken, als sie längst auf der Straße stand.
Vor ihr parkte ein Wagen. Man wollte sicher in dem Lokal speisen, aus dem sich Lici so schnell wieder verflüchtigt hatte. Das Fenster weit offen, dröhnte eine kehlige Stimme aus dem Autoradio: „This little girl is all mine!" Woher konnte man solchen Besitzanspruch auf einen Menschen nehmen, und – wem gehörte schon tatsächlich jemand; war nicht jede geglückte Verbindung so, daß man froh sein mußte, sie im Augenblick erleben zu dürfen – mehr nicht? Der junge Mann am Steuer wartete noch mitzuckend den

Song ab, stellte inzwischen nicht einmal den Motor ab und war sich gar nicht bewußt, daß seine Begleiterin schon zweimal die Türe geöffnet, ihn respektvoll betrachtend diese immer wieder geschlossen hatte, ernste Mithör-Mimik zeigte und dennoch bereits lieber vor dem gedeckten Tisch gesessen wäre. Warum stieg sie nicht aus und ging voraus? Lici kam sich gleich wie eine alte Hausmeisterin vor, die vom Fenster des Erdgeschosses aus die Straße beobachtete und aus Unfähigkeit, selbst noch etwas zu erleben, nur mehr ständig den Kopf schüttelt: aus Empörung, aus Neid, aus Unverständnis, aus Verachtung über Szenen, die ihr, wäre sie in diese Lage gekommen, bestimmt nicht hätten passieren können.
Sie zündete sich auf offener Straße eine Zigarette an. Sie fühlte, wie sehr ihr eigenes Schwergewicht sie gegen den Boden preßte. War sie aus einer anderen Atmosphäre, konnte sie sich nicht gegen die abertausend Kilo Luft, die auf ihr lasteten, wehren, war sie zu schwach für ein „Erdenleben"? Vielleicht war sie in allem falsch konstruiert für hier . . . Dumm. Das mußte natürlich ihr Kreislauf sein, der sie unversehens im Stich ließ. Mit schlurfenden Schritten versuchte sie, sich zu verkriechen, ihre Wohnung zu erreichen.

Dort ging es ihr schon besser, sie hätte jetzt gerne ein paar Worte mit Paul gewechselt. Schon allein seine praktische Konstitution, sein schnelles Umpolen von Unverständlichem zu ganz Einfachem, jedem Einleuchtendem, hätte ihr jetzt gutgetan. Aber als sie sich wiederum vorzustellen versuchte, wie er auf das Erzählen der Ereignisse aus letzter Zeit reagieren würde, ließ sie diesen Wunsch sofort fallen. Alles habe sie verkehrt angepackt; nicht wie ein vernünftiger Mensch erst dies und später jenes getan; schon gar nicht sich in Verängstigungs- und Demütigungsprozeduren verwickeln lassen sollen. Sein Ärger wäre ungemütlich geworden; ein Ärger, der auch aus seiner unausrottbaren

Verantwortung ihr gegenüber entstanden wäre, und noch viel mehr aus seinem Wissen darüber. Alles, was Paul anstrebte, waren Ruhe und Zufriedenheit. Aber mit Lici hatte er einen Unsicherheitsfaktor mit sich herumzuschleppen; selbst jetzt, nach der Trennung. Sie war seine kleine Achillesferse. Alles an und rund um Paul war geregelt, fest vor unliebsamen Überraschungen abgesichert. Aber wenn Lici auf einmal dastünde und es ginge ihr nicht gut, sie womöglich gar nicht mehr dastünde – könnte er sich so manche Unzulässigkeit, durch die er die Sache nicht rechtzeitig erkannt und abzuwenden versucht hatte, bestimmt nicht so schnell verzeihen; wäre er lange beschädigt geblieben. Und damit ihm das nur ja nicht geschah, würde Lici, so lange sie beide am Leben waren, zwar gute Ratschläge von ihm bekommen, Mahnungen und ernstliche Rügen; aber, da er dazu nicht imstande war, nicht das, was sie in den Jahren der Verbindung schon an ihm vermißt hatte: echte Anteilnahme und Verständnis auch dafür, daß man sich leicht einmal falsch verhalten konnte, manchmal von geschickteren Menschen hineingelegt wurde; daß man sich einsam und verängstigt fühlen konnte.
Selbst wenn sie ihn heute über das Telefon zu erreichen versucht und erzählt hätte, was ihr in den letzten Tagen an Verwundungen und Verlusten widerfahren war – oder, wenn sie sich schon über das Ausmaß dieser Geschehnisse irren sollte, wie verwirrt und hilflos sie sich im Moment fühlte –, hätte er ihr sicherlich vernünftig zugeredet, sich zu beruhigen und erst einmal die Dinge gründlich zu überschlafen. Außerdem hätte er bestimmt noch die leise Mahnung hinzugefügt, ob es denn nicht möglich gewesen wäre, diese Unterhaltung auf später, sobald er zurückgekehrt sei, zu verschieben, anstatt ein so unsinniges und langes Ferngespräch zu führen! Lici hatte einfach niemanden mehr.

Alles, worauf sie sich, das war ihr am nächsten Tag klar, würde konzentrieren müssen, war doch wiederum die

Arbeit. Was die Bestätigung dieser Überlegung verhinderte, war das Fehlen von interessanten Projekten, an denen zu arbeiten Lici Freude gehabt hätte; aber sicherlich mangelte es ihr zur Zeit allgemein an Lockerheit, am Spaß, sich etwas einfallen zu lassen. Sie kam sich selbst ziemlich gealtert und humorlos vor. Immer drängten Tränen nach Auslaß, gaben ihrem Gesicht ein hängebackiges, müdes Aussehen. Das Gescherze und gegenseitige Sticheln ihrer Kollegen betrachtete sie von außerhalb, als würde sie im Park dem Gebalge einer Kindergruppe zusehen. Herrschte einmal Eintracht, waren die Köpfe über eine sich anbahnende Lösung gebeugt, fühlte sie sich wohler und war huldvoll, als habe sie sich zu einer friedlichen Aufzucht dieser seltsamen Brut angeboten. Wer hatte früher alles umgeworfen und die anderen, die sich, ganz in den Ansatz einer Idee verliebt, von dieser nicht mehr trennen wollten, obwohl sie bereits in einem unübersichtlichen Chaos, in Verwirrendem steckenzubleiben begann, – gezwungen, das Alte zu vergessen und von neuem zu überlegen, neu anzufangen? Lici. Wer saß nun geduckt hinter dem Arbeitstisch, daß man ohne weiteres hätte vermuten können, sie zähle die Maschen eines Strickstrumpfes oder sei gerade dabei, eine solche aufzufangen? Lici.
Es war wirklich nicht ungerecht, daß Kurt Hellmuth damit anfing, die jüngeren Kollegen in sein Zimmer zu bitten, und man an deren frohem Gepfeife, großzügigem Zigarettenanbieten, guter Laune erkennen konnte, daß sie mit einer Aufgabe betraut worden waren, für die sie sich schon längst zuständig empfunden hatten.
Lici versuchte, wenigstens den Kleinkram ordentlich auszuführen. Sie kam und ging wieder pünktlich, hielt sich gerade und ansehnlich; nahm freiwillig Pflichten auf sich, die sie zwar nicht gerne, jedoch unersetzbar gut ausüben konnte. So etwa den Umgang mit den Leuten und den technischen Prozeduren in den von Kurt bevorzugten Druckereien, Fotohandlungen und Fotokopieranstalten.

Gerade in einer solchen überfiel sie eines Tages wieder einmal die wohlbekannte Niedergeschlagenheit. Man ließ sie dort gerne allein an der Farbkopiermaschine werken; wußte, daß sie es oft besser verstand als ein abgehetzter Angestellter, mit viel Geduld die halbwegs richtigen Farbtöne zurechtzumischen. Man wurde sogar entlastet, konnte das eigene Personal für schnell zu erledigende Kleinigkeiten einsetzen. Lici hatte ein Farbfoto in der Hand, in das sie sich sogleich hineinversetzt fühlte: ein Mann lag, von hinten gesehen, im Liegestuhl auf einer weißen gekalkten Terrasse, die, hoch über dem Meer gelegen, noch Einblick auf den rötlich-erdenen Abhang gab, der sich, mit disteligen und kräuterähnlichen Pflanzen übersät, ziemlich steil zum Meer hinabneigte. Gut ein Drittel des Bildes waren dann blaues Wasser und blauer Himmel. Hinter ihm stand, nicht gut erkennbar, vielleicht gelang es Lici deshalb so rasch, sich in diese Person hineinzuversetzen, eine Frau, die, eine Hand auf die obere Lehnstuhlkante gelegt, mit zwei Fingern leicht das Haar des sonst unsichtbaren Männerkopfes berührte. Beide schienen in großer Harmonie in die Weite hinauszuschauen.

Lici konnte sich nicht an schöne Aufenthalte in irgendwelchen sonnigen entlegenen Ländern erinnern. Aufenthalte, in denen man zu zweit und nur für sich gewesen war. Paul bekam bereits allergische lila Hautflecken, wenn man von einer mit Sonne und Meer gepaarten Erholung nur sprach. So etwas würde sie gerne noch erleben . . .

Und, schon war es zu spät, sich dagegen zu wehren, lief ihr hurtig jede Realität davon. Sie ließ Lici mit Leo auf einer einsamen Insel zurück; und während draußen vor den großen Scheiben Menschen vorüberströmten und ausdruckslos hereinsahen, saß Lici neben dem Farbkopierer, starrte die bunten Druckknöpfe an und setzte den Anfang der Handlung, diese Fotografie, für sich fort. Sie schlang Leo sachte beide Arme um den Hals und lehnte hinabgebeugt sanft ihre Wange gegen die seine. Und beide fühlten

sich glücklich, mit dem friedvollen blauen Meer vor sich ... Viel weiter kam sie nicht, der weißbekittelte Abteilungsleiter fragte bestürzt, ob die Maschine nicht in Ordnung sei? Lici hatte heute einen ungemein leblosen Körper, sie erhob sich augenblicklich, aber langsam wie ein altes Weib; beruhigte den Erschrockenen und begann zu arbeiten. Daß man Kummer körperlich so stark fühlen konnte, man diesen Leib mit sich mitschleppen mußte, als wären sämtliche Organe im Betrieb gestört, war bedenklich. „Wenn das so weitergeht", dachte Lici auf einmal klar und deutlich, „bekomme ich noch Krebs". Sie war sich dessen sicher, daß der Körper auf die Verfassung der „Seele" reagieren mußte; spürte sie doch zweifelsfrei in sich selbst den Zusammenhang. Auch ihr Herz, überlegte sie, das nie so besonders strapazierfähig gewesen war, könnte das erste in ihr sein, das sich gegen all das wehrte, wofür Lici trotz vieler Grübeleien keine Abschirmung, kein Gegenmittel und keine Hilfe wußte.
Sie hatte jetzt auch immer öfter das Gefühl, sich selbst zu schwer zu sein; und konnte sich doch an Zeiten, gar nicht lange her, erinnern, in denen ihr einfaches Gehen zu langsam war und sie sich hatte vornehmen müssen, beim Laufen nicht auch noch zu hüpfen.
Lici hatte die fünf Kopien fertig, sie würde nun gehen und an diesen Attrappen ein paar Ideen ausprobieren; sich etwas Gutes einfallen lassen, um die Reisefirma damit unbedingt zufriedenzustellen. Sie war es Kurt Hellmuth schon längst schuldig, wieder einmal eine gediegene Arbeit abzuliefern. Sie redete sich etwas fest ein, was ihr im Innersten mit einem Zeigefinger, der verneinend hin- und herschwenkte, als für zur Zeit undurchführbar widersprochen wurde. Es stimmte; Lici konnte sich am Morgen nicht einmal entschließen, was sie anziehen solle. Jede kleinste Entscheidung war für sie zur Last geworden. Daher kam sie, die sonst mit einem Griff das Geeignetste für jeden Tag aus dem Kasten zog, in letzter Zeit immer unauf-

fälliger, farbloser gekleidet daher; hätte am liebsten eine Tarnkappe aufgesetzt.

Lici glitt mit dem aufrechten Gang, der ihr noch als ehemaliges Eigentum in Erinnerung geblieben war, aus dem Geschäft in die vorbeiziehenden Menschenmassen: trieb mit bis zur großen Kreuzung, deren Ampel auf „Rot" stand und an der sich die geschäftigen Leute ungeduldig drängten. Gegenüber standen ebenfalls viele Menschen; alle hatten es irgendwohin eilig. Aber da stand auch – Licis geplagtes Herz schlug Purzelbäume, ihre Gedanken suchten nach einem Mauseloch und gaben ihr doch einen Schubs, zu winken und entgegenzurufen – Leo! Er hatte den Kopf leicht geneigt, der Wind wehte ihm seine braunen Haare in die Stirn; dann sah er zur Ampel auf, gegen das Sonnenlicht . . . und schien es nun doch wieder nicht zu sein. Gerade als Lici sich dessen immer sicherer wurde und ihr Herzschlag sich langsam beruhigte, wurde sie von hinten mit zwei Händen an den Schultern berührt, innig und fein gedrückt. Sie sah sich um – und da stand Leo nun – leibhaftig! Konnte er ahnen, welche Turbulenzen soeben in ihr vorgegangen waren, als sie ihren Kopf, wie nach langer Flucht gerettet, an seine Schulter lehnte und dabei instinktiv nach seiner Hand suchte, sie umklammerte? Er lächelte freundlich und teilte mit, vergaß dabei aber auch nicht, kurz die Farbe der Ampel zu kontrollieren, daß er ihr förmlich „nachgerannt" sei. Wie schön. Aber war er sich denn zu gut dafür, mußte man nicht ab und zu sich eiliger bewegen, wenn man eine Person erkannt hatte und einholen wollte? Jedenfalls standen sie nun in all dem Getümmel dicht beieinander. Und schon zog Leo sanft seine Finger aus Licis Umfassung und lief ihr zwischen den Menschen voraus. Die Ampel dürfte bereits „Grün" zeigen.

Bevor Lici die gegenüberliegende Seite erreichte, kam sie an Leos Doppelgänger vorbei. Ihr Anblick schien ihm zu gefallen, er lächelte ihr, einer Fremden, heiter und verschmitzt zu!

Ihr kam alles unwirklich und verwirrend vor. Leo eilte, sobald sie nachgekommen war, wieder weiter. Er habe vor, sich jetzt in der Mittagspause schnell nach einem bestimmten Buch umzusehen. Und während er sprach, war er darauf bedacht, einigen Abstand von Lici zu halten. Er sah in jede Auslage, an der sie vorbeizogen, auch wenn darin statt Büchern nur Damenschuhe, Reiseandenken, Parfümeriedekor zu erblicken waren. Lici dachte überstürzt nach, wie sie diese Minuten verzögern konnte; hielt sich widerspenstig an seiner Seite. Schließlich war er nicht der Bundespräsident und sie nicht eine Preisturnerin oder ähnliches, so daß alle Welt gleich mit den Fingern auf sie beide zeigen mußte. Konnte man sich als „gute alte Bekannte" nicht wenigstens gemeinsam zu einem Kaffee setzen?
Aber dieses Aufbäumen fand nur mehr stumm in ihr statt; Kraft wie früher, ihre Ansicht auch auszusprechen, hatte sie nicht mehr. Sie waren beim Büchergeschäft angekommen; hatten sie sich eigentlich irgend etwas gesagt? Leo sah begierig in die Scheiben links und rechts vom Eingang, stellte ein Bein sogar schon ins Geschäft, als er sich zu ihr umdrehte und ihr die Hand reichte. Sein Gesichtsausdruck war nicht abweisend; eher total verwirrt. Wie einen Schnappschuß, ein Foto, nahm Lici ihn noch einmal auf, so wie er da stand. Die Haare vom Wind zerzaust, den offenen Mantel um sich schaukelnd ... Sie gab ihm die Hand und, warum nur war sie so unendlich geschwächt, es zu tun, fragte ihn leise, ob er sie wieder anrufen würde. Er sagte länger nichts, ließ Leute vorbei und nickte ihr schließlich beruhigend zu; seltsames Mitgefühl in den Augen. Sie verstand und schüttelte, als wollte sie seine Antwort zum Verneinen korrigieren, fragend den Kopf. Er sah verlegen überallhin, auch auf Licis Schuhwerk, und sprang dann ins Innere.

Sie fühlte sich von Tag zu Tag wertloser. Je mehr die Zeit verging, desto aufdringlicher empfand sie ihre Existenz

gegenüber den anderen. Bei der Arbeit gewöhnte sie sich an, einer heimlichen Trinkerin ähnlich, vorsichtig erst links und dann rechts in die Nebenräume zu spähen, bevor sie leise und freundlich mit sich selbst zu reden anfing, sich bei der Arbeit aufmunterte, Mut zusprach. Unbemerkt hielt sie ein, sobald sich Schritte näherten, jemand ein Gerät, Unterlagen holte. Auch vergaß sie immer öfter, eine kleine Unterhaltung mit den Kollegen zu beginnen, war erst aus ihrer Stumpfheit zu wecken, wenn man sie deutlich ansprach, und gab dann ziemlich knappe Antworten; wartete etwas furchtsam ab, ob ihr damit nicht völlig Unpassendes entschlüpft sei.
Den Weg zwischen Arbeitsplatz und Wohnung legte sie nicht mehr auf den breiten, üppig von Auslagen gesäumten Straßen zurück. Sie hatte einige kleine Gassen und Abkürzungen ausfindig gemacht, in denen sie mit Wahrscheinlichkeit niemand Bekanntem begegnen würde. Irgendwelche Fragen nach ihrem Befinden wären ihr nur angestrengt mit einer heiteren Auskunft zu beantworten gewesen; ganz zu schweigen von den zweifelnden und unangenehm forschenden Blicken, denen sie hätte standhalten müssen und denen sie in dieser Zeit kein attraktiveres Objekt bieten konnte. Selbst Paul gegenüber, der zurückgekehrt war und sie sehen wollte, entschuldigte sie sich bis zur nächsten Woche; begründete dies mit zuviel Arbeit und nicht mit ihrer Angst, unter seiner aufmerksamen Inspektion ihre sicherlich vorübergehende Labilität erklären zu müssen. Sie würde sich in einiger Zeit bestimmt wieder gefangen haben und besser wirken, hoffte sie.
Zur Zeit aber war Lici sehr freudlos mit sich; befahl sich oft, wieder eindeutiger und positiver aufzutreten und konnte auf diese Weise nur wie eine Fremde auf sich einreden, die nicht verstand, daß es Unfähigkeiten im anderen geben konnte, die mit reiner Vernunft nicht wegzuschaffen waren. Es hätte ihr gutgetan, jemandem von sich zu erzählen. Nicht einmal von ihrer seltsam beängstigenden Verfassung, son-

dern eher von diesen und jenen Ereignissen aus der letzten Zeit, denen sie beigewohnt hatte, die ihr zugestoßen waren. Es wäre ihr wichtig gewesen, in einer Unterhaltung mehrmals das Wort „ich" aussprechen zu dürfen. Lici hatte auch das absurde Gefühl, sie müsse ihre Aktivitäten aufzählen, so klein und unbedeutend sie waren, um ihr eigenes Vorhandensein in dieser Welt, hier auf Erden, beweisen zu können.

Irmi fehlte ihr sehr.

Sie kannte niemanden sonst, den sie dafür so gebraucht hätte. Genausogut hätte sie auf offener Straße einen x-beliebigen Passanten ansprechen und, anstatt nach einem Weg, einer Türnummer zu fragen, um sein Gehör bitten können. Da es für sie keinen Menschen mehr gab, zu dem sie Vertrauen fassen konnte, war es für Lici umso schwieriger, auch bei den harmlosesten Gesprächen auch nur das Oberflächlichste über sich preiszugeben. Selbst dies wäre schon zuviel gewesen. Daher mußte Lici hin und wieder mit sich selbst reden; sie hatte auch schon ganz gut gelernt, eine Unterhaltung in verteilten Rollen zu führen.

Manchmal fiel ihr so etwas wie eine „Behandlung" ein, die für sie gut wäre. So hätte sie sich aufraffen und eine größere Gesellschaft bei sich geben müssen. Alle früheren und jetzigen guten Bekannten (wer waren eigentlich die jetzigen?) einladen, wieder mit allen in Kontakt kommen; sich häufiger melden und wieder Anteil nehmen am Leben der anderen. Sich wieder mehr miteinbeziehen lassen. Aber schon allein der Gedanke an die verschiedenen Bemühungen, die eine qualitätvolle (denn nur eine solche käme in Frage) Einladung mit sich ziehen würde, machte sie ganz schwach und hilflos. Sie traute sich das einfach nicht mehr zu. Und zu der Überwindung, die sich ein Sich-wieder-in-Erinnerung-Rufen bei Leuten, die sie wahrscheinlich längst vergessen hatten, gekostet hätte, war sie auch nicht mehr fähig. Also ließ sie solche Pläne wieder fallen.

Abends, wenn es ihr zu einsam in der Wohnung wurde, sie nicht für sich allein Essen zubereiten wollte, ging sie in ein Lokal, das in der Nähe lag. Nicht eines von denen, die sie früher mit Paul besucht hatte, oder in jenes bestimmte, in dem man sich immer mit einer fröhlichen Gruppe von Freunden treffen konnte, die dort, selbst wenn man zu später Stunde hinkam, über zwei bis drei Tische verteilt täglich einen sich in den Personen laufend abwechselnden, lärmenden Bestandteil des Restaurants bildeten. Lici ging in ein Lokal, das den Eingang eines vernachlässigten „Espressos" besaß; im vorderen Raum mit jüngeren Personen überfüllt war, die sich laut miteinander unterhielten, schon um den Lärm der Musicbox zu übertönen. Aber wenn man durch eine rückwärts führende Türe trat, befand man sich plötzlich in einem alten Kaffeehaus, das, dem Lärm der nahen Außenwelt entrückt, ganz der Ruhe des Zeitungslesens und weiter hinten, auf langen alten Billardtischen, dem überlegten Zusammenstoß der Kugeln gewidmet war. Hier konnte Lici sicher sein, unbeachtet ein kleines Essen einnehmen und die Journale durchblättern zu können; von niemandem durch händeschüttelndes Begrüßen aufgeschreckt zu werden. Wenn man an einem der kleinen Tischchen an der Wand, nahe den Spieltischen, zu sitzen kam, konnte man sich zumindest ein Bild davon machen, wie sehr selbst diese eigentümliche Beschäftigung fanatische Anhänger besaß. Obwohl auch ab und zu Jugendliche hier ihre Kräfte ausließen und mit ihren Queues die Kugeln gegeneinander knallten, egal ob richtig oder falsch, waren die Meister, denen man baldigst Platz zu machen hatte, wenn die tägliche Stunde ihres Wettstreites nahte, doch für den Zuseher das größte Erlebnis. Alle Herren waren älteren Jahrganges, schienen sogar beide Kriege kämpferisch überstanden zu haben; es gab kaum einen, der sich nicht so bewegte, als wäre nicht zumindest einer seiner Körperteile für manche Bewegungen untauglich geworden, der nicht eine Narbe im Gesicht hatte, oder gar ein fehlendes Auge.

Als kämen sie zum Treffpunkt einer Verschwörung, eilten sie, die zerlegten Queues wie versteckte Waffen in länglichen ledernen Taschen unter den Arm gezwängt, hinkend und krächzend (einer besaß mit großer Wahrscheinlichkeit keine Stimmbänder mehr), einander zeremoniell begrüßend, nacheinander in den Raum und steigerten sich schließlich durch kleine Sticheleien und prahlerische Ankündigungen ihrer guten Form langsam in den Kampf. Daß sie von Jahr zu Jahr einen nach dem anderen zu Grabe tragen mußten, war unübersehbar. Kaum einer konnte sich noch locker und leichtfüßig um den Tisch herumbewegen; die längste Zeit wurde mit dem richtigen Abschätzen der Entfernungen zwischen den Kugeln und mühseligem neuerlichem Umrunden der Tischfläche verbracht. Wer von den Zuwartenden sich beim Beobachten nicht auf den kostbaren Stecken stützen wollte, setzte sich hin und reckte den Hals, lehnte sich an, wo es nur ging; man mußte mit den Kräften haushalten. Richtig gut wurde das Spiel erst, wenn der „Herr Rittmeister" kam. Leicht verspätet, stand er eine Weile straff gekämmt und korrekt gekleidet abwartend in der Tür. Erst die devote und sich geehrt fühlende Begrüßung aller bereits Anwesenden ließ ihn mit exakten Schritten eintreten, in einem Blick die Situation des jeweiligen Spieles erfassen und dem Ober mit knappen Worten seine Bestellung mitteilen. Er war es dann auch, der echte Erregung in der Veteranengruppe erzeugte, wenn er die kleinen Figürchen vom Gesims nahm, sie nach für Außenstehende unbegreiflichen Gesetzen auf das grüne Tuch stellte und der Kugel derart den Laufpaß gab, daß sie sich nicht nur, immer wieder geschickt an den Banden abstoßend, fehlerlos durch das Aufgestellte hindurchwand, sondern dabei auch noch mit Feingefühl die beiden anderen Kugeln berührte. Dabei kam ziemliches Gekreische auf, der Humpler klatschte sich sogar auf den Schenkel, und gerade der Herr ohne Zähne konnte sich eines neidvollen Staunens mit weit geöffnetem

Mund nicht enthalten. Nun durfte jeder einzelne zum Höhepunkt antreten, dieselbe Aufgabe unter dem unerbittlichen Blick des Herrn Rittmeisters durchzuführen versuchen. Die eigenartigsten Gesäße wurden über den Tisch gelegt, die seltensten Ächzer, Seufzer und Laute ausgestoßen, wobei es unter den Zusehenden zu richtigem Gedrängel kam. Zum Glück war einer zum Aufseher erkoren worden, der streng darauf achtete, daß die richtige Reihenfolge eingehalten wurde. Nach einer Stunde war allen Beteiligten leichte Erschöpfung anzusehen; höchstens *ein* vorhandener Querulant wollte die Gruppe nochmals aufhetzen, sie zum Bleiben überreden. Aber nein, alle gaben einander wieder die Hand, ergriffen ihre Behälter und verließen der Reihe nach das Lokal. Der Herr Rittmeister kämmte sich noch kurz das leicht in Unordnung geratene Haar, rückte sein Sakko zurecht und hielt peinlich genauen Abstand, ehe sein eigener Abmarsch stattfand.
Lici blätterte weiter in den Zeitschriften. Die Seiten waren voll mit friedensgefährdendem politischem Geschehen, mit Betrügereien, Rauben, Morden (sie bekam schon wieder das Händewasch-Gefühl) . . . nur auf der Kulturseite konnte man von Ereignissen auf Bühnen und in Musiksälen lesen, die das Publikum nicht allein zu tosendem Applaus, sondern auch zu innigem Lauschen, seligmachendem Rausch bis hin zur „Raserei“ gebracht hatten. Aus dem gewöhnlichen Alltag dürfte jedoch keine erfreuliche Tatsache zu berichten gewesen sein. Allerdings wurde gerne inmitten einiger Schreckensmeldungen das Abbild eines herzigen Kleinkindes gezeigt, das Regina oder ähnlich hieß und, wie man erfahren durfte, das kleine Häschen auf seinem Schoß zum liebsten Spielgefährten hatte. Andere Aufmunterungen konnte man sich durch solche Information nicht holen.
Lici kehrte dann nach Hause zurück. Leicht strich der Wind über ihr Gesicht; kam ihr wie eine Hand vor, die sie zärtlich berührte. Man mußte es wohl lernen, sich mit wenig zufrie-

denzugeben. Sie schüttelte das Wehen von ihren Wangen, ging mit tiefgeneigtem Kopf weiter und mußte es zulassen, daß nun liebevoll mit ihrem Haar gespielt wurde. Ab morgen, nahm sie sich mit nassem Gesicht vor, ab morgen wird nicht mehr geweint!

Paul endlich zu treffen, war bald nicht mehr aufschiebbar. Lici freute sich auch darauf, er war wirklich ziemlich lange verreist gewesen! Es hätte ihr auch wieder einmal Spaß gemacht, seinen kontrollierten Gesichtsausdruck zum Schmunzeln zu bringen; sich sogar mit ihm über organisatorische Verbesserungen, die ihr „das Leben erleichtern" sollten, zu unterhalten. Alles, was am Wesen Pauls so typisch war, bereitete ihr in gewissen Abständen echte Wiedersehensfreude. Obwohl sie nie vergaß, daß bei ständigem Zusammensein genau diese Züge an ihm die Vernichtungsfaktoren ihrer Beziehung gewesen waren.
Aber so, wie sie sich in letzter Zeit fühlte und auch vergeblich auf einen Umschwung wartete, war es ihr unangenehm, ihn schon so bald zu treffen. Paul würde ihre geschwächte Position sofort erkennen, ihr mit fürsorglichen Vorwürfen einen schädlichen Lebenswandel oder ähnliches vorwerfen und sich insgeheim sagen, vielleicht auch lauthals ihr entgegentriumphieren, daß ihr die Trennung von ihm anscheinend nicht gerade gut getan habe. Aber da sie es so haben wollte, müsse sie nun einmal lernen, sich „durchzuboxen". Ja, genau das würde er sagen.
Aber Paul schien an ihr gar nichts verändert zu finden, er war mit ihrer Gesellschaft ganz zufrieden, erzählte viel und fragte wenig; Lici fühlte sich recht wohl mit ihm, sie aßen gut und unterhielten sich in ihrem alten „Familien"-Ton, der fast einer eigenen Sprache glich. Man mußte nicht alles lang und breit aussprechen, der andere wußte schon beim Ansatz, was gemeint war. Und so unterbrach man sich entweder gleich und ließ es sich auch umgekehrt gerne gefallen, oder man gab überhaupt nur mehr gekürzte

Worte, eigene Stümmel-Versionen von sich, so daß ein ins Essen oder ins Getränk hineingenuschelter Laut des Partners genügte, um bei einer Sache gleicher oder gegenteiliger Meinung zu sein. In ihren schönsten Zeiten hatten sie oft von einem tieferliegenden, eventuell telepathischen Kontakt zueinander gesprochen. Später hatten sie dieses Gefühl streckenweise völlig verloren. Oder Lici war manchmal schlechter Laune und zeigte ihm absichtlich, daß seine Andeutungen für sie unverständlich waren; was ihn zwang, genauer zu formulieren und dabei ärgerlich zu werden ... Und heute, da sie beide aufgehört hatten, an eine Fortsetzung ihrer Beziehung zu denken, glückte es ihnen doch wieder, diesen dünnen Draht hin und her zu ziehen. Als sie sich trennten, Lici beim Heraustreten unter dem Eindruck des hellen Lichtes sofort wieder in das eigenartige Angstgefühl des zu überbrückenden Tages-Zeitraumes hineingeworfen, sagte Paul noch: „Aber am Freitag sehen wir uns sowieso bei Karin und Elmar!" Lici wußte nicht warum und fragte deshalb. Elmars Geburtstag, die halbe Stadt sei eingeladen; Lici würde doch wohl keine Witze machen und behaupten, sie habe keine Einladung bekommen? Nein, bis jetzt noch nicht. Paul konnte es nicht recht fassen, gab ihr beim Weggehen einen kleinen Kuß auf die Wange und war sicher, daß sie heute noch oder morgen das vorgedruckte Schreiben bekommen würde. Bis bald!
Lici hatte noch gar nicht Zeit gehabt, ihre Nicht-Einladung zu überlegen, den „Boykott" ihrer Person zu begreifen, als ihr auch schon Traude in den Schirm lief, den sie gerade unter ersten Regentropfen dabei war aufzuspannen. Traude war empört, anscheinend nicht über das Wetter, sondern über etwas anderes, worüber sie länger mit Worten rang; schließlich war es nur der bloße Ton der Entrüstung, der ihren simplen Ausruf verdeutlichen half: „Was sagst du zu Karin? Sie hat dich nicht eingeladen!" Auch Traude hatte Lici in letzter Zeit nicht mehr zu ihren kleineren Gesellschaften gebeten. Lici hätte daher lieber erfahren,

wieso man andernorts bereits von ihrem Ausschluß wußte? Karins Eliminierlaune war also auch auf sie gefallen! Über kleine Umweg-Geschichten entschlüpfte Traude zuletzt doch noch der Satz, den ihr Karin zwar wahrscheinlich zur stillen Verwahrung übergeben hatte, mit dem sie Lici aber ein wenig behilflich sein zu wollen vorgab: „Ich mag die Lici nicht mehr, sie hat mich gekränkt." Und zwar, fiel Traude zusätzlich ein, „mehrmals". Traude hatte damit nichts erklärt, sondern alles, Licis Stehen auf der Straße unter dem Regenschirm mit eingeschlossen, noch fraglicher, noch unverständlicher gemacht. Es wurde noch ausführlich berichtet, welch ausschweifenden Vorbereitungen Karin sich hingab, welche Originellheiten, ein wenig sei durchgesickert, zu erwarten seien; und daß man sich wundern müsse, wie viele Menschen, manche davon, Lici müsse es zugeben, doch richtig unsympathisch und geistlos, Karin sich die Mühe gemacht hätte einzuladen.
Als Lici nach der Verabschiedung im Regen weiterwandelte, überfiel sie tatsächlich ein Gefühl der Schuld; sie wurde vielleicht zu Recht für begangenes Unrecht „bestraft". Es war den Leuten eigentlich nicht zu verdenken, daß man sie nicht einlud. Wer war sie schon, was hatte sie je getan, geboten? War sie denn, als Einzelstück, das sich jedem wie ein nutzloses Stück Möbel aus einer Garnitur, deren andere Hälfte abhandengekommen war, darstellen mußte, noch von irgendeinem Wert? Vielleicht hatte sie nicht einmal, wie sie sich einbildete, je zur Unterhaltung beigetragen, je auch nur einen vernünftigen Satz gesagt. Und war sie bis vor kurzem mit ihrem Aussehen halbwegs zufrieden gewesen, fiel ihr zunehmend auf, daß sie an allen Ecken und Enden, äußerlich, nichts als Fehler besaß. Es mußte schon Wahres daran sein; als Gast war sie bestimmt keine Abwechslung und Freude . . .
Dennoch grübelte sie vor sich hin, womit sie jemals Karin gekränkt haben konnte; noch dazu, wo man sich so gut wie nie sah, seit Licis Einzeldasein. Am „Cello-Abend" war

nicht mehr geschehen, als daß man sich kurze, inhaltslose Floskeln zugeworfen hatte. Daraus konnte eigentlich keine Beleidigung entstanden sein.
Lici beschloß, sich von dieser Angelegenheit nicht verletzen zu lassen. Sie wollte sich doch „ausheilen“, hatte es fest vor! Aber da dieses nicht gut von alleine ging, das Gegenteil, das „Schmerzenempfinden“, jedoch schon, sie andauernd wie ein anhänglicher Insekten-Schwarm umsurrte, war sie doch, auch der heutige Tag hatte ihr nichts erspart, getroffen.
Die Post zu Hause, die sie, noch an eine unverhoffte Wendung denkend, sofort mehrere Male durchsah, enthielt an Eindrucksvollem nur eine Polizeistrafe. Und zwar ein sehr hoher Geldbetrag, der Lici nur den erbärmlichen Anblick ihres letzten Kontoauszuges vor Augen brachte; mit der Begründung, daß sie sich damals bei ihrer „Anhaltung“ durch die Polizei geweigert hatte, dem Amtsarzt vorgeführt zu werden, was in diesem Falle ihre Pflicht gewesen wäre. Sehr interessant. Hatte sie einer der Polizisten von einer solch absoluten Dringlichkeit in Kenntnis gesetzt, war dieses Thema nicht eher nur am Rande gestreift worden? Lici war sich dessen ganz sicher – obwohl sie sich jetzt oft schon selber nicht mehr „über den Weg“ traute, über gar keine Sicherheit mehr verfügte.
Sie würde es irgendwann Paul erzählen; sicher würde er sich darum kümmern. Vielleicht sollte sie ihm schließlich doch andeuten, wie es ihr in letzter Zeit ergangen war. Oder erschien es ihr nur so, war sie, war ihr Gemüt von anderer Art geworden, nicht mehr so robust wie früher? Schlitterte sie womöglich wirklich, sie hatte immer häufiger dieses Gefühl, einem Abgrund entgegen – und würde bei Paul zwar Entsetzen verursachen, aber nur über sie selbst und ihren verfallenen Zustand . . .?
Also legte sie den Zettel etwas beiseite und dann noch ein wenig weiter, hinter die Telefonbücher; sie wollte sich ein anderes Mal, bald, damit auseinandersetzen.

Und dann öffnete sie plötzlich die Kästen und suchte nach einem Kleid, das sie für Karins Party ausgewählt hätte. Sie besaß noch so viele schöne Sachen von früher; einige wären in ihrer Zeitlosigkeit bestimmt noch mit Glanz und Glorie auszuführen gewesen – wenn Lici genauso standgehalten hätte und es nicht dazu gekommen wäre, daß man sie zu solchen Gelegenheiten nicht mehr heranzog. Lici hörte schon wieder schuldbewußt, daß sie mit sich selbst sprach; in Gedanken ein liebenswertes Geschöpf darstellte, das in personenreicher Gesellschaft vergnügt und kokett durch angenehme Stunden und an vielen freundlichen Menschen vorüberzog. Erst als sie auch noch Leos Arm ergriff und in großer Seligkeit mit ihm durch die Menge schritt, machte sie ihren Vorstellungen ein Ende; warf gedemütigt die Türen des Kastens zu, in den sie während ihrer Träumerei ununterbrochen hineingestarrt hatte.
So bestimmt, als wäre es das einzig Folgerichtige, ging sie zum Telefon, suchte die Nummer der Taschenfirma aus den Büchern, wählte, hörte eine gelangweilte Damenstimme, gab sich selbst als Firma Kurt Hellmuth Schafter aus und bat geschäftlich kühl um eine Verbindung mit Herrn Leo Sinner-Klein. Aus der Antwort war eine kleine Unsicherheit herauszuhören: man wisse nicht, ob dieser Herr überhaupt noch „da sei", sie möge sich gedulden, es werde nachgefragt. Längere Zeit schien die Leitung unterbrochen zu sein, nach völliger Stille knackte es wieder, war im Hintergrund Stimmengewirr hörbar, und ein Mann sagte seinen fremden Namen. Abermals verlangte Lici für ihre Firma nach einer dringenden Verbindung mit Herrn Sinner-Klein. Die Männerstimme machte sich erbötig, die Nachricht selbst entgegenzunehmen; er sei, was die Zusammenarbeit mit Licis Geschäftsstelle betreffe, seit kurzem der neue Bearbeiter. Worum es sich denn handle? Lici bestand darauf, alter Probleme wegen, die nun in einen besseren Zustand gebracht worden seien und deren Entwicklung nur

Herr Sinner-Klein von Anfang an mitverfolgt habe, deshalb unbedingt mit diesem sprechen zu wollen. Der Mann, von ihrem Übergehen seiner Kapazität verletzt, antwortete gereizt, daß dies leider nicht möglich sei, da „Sinner-Klein" vor einigen Tagen, kurz nach seiner „Verheiratung", die Firma und auch das Land verlassen habe. Es sei ihm eventuell möglich, ihr die Adresse seiner neuen Arbeitsstelle in Amerika zukommen zu lassen, er glaube aber kaum, daß dadurch die Zusammenarbeit ihrer beiden Firmen noch in irgendwelcher Weise verbessert werden könne. Er frage deshalb nochmals nach, um welche Angelegenheit es sich denn handle? Lici legte auf.
Leo in Amerika. Jetzt trug er an dem einen Finger einen goldenen Ring, das tat er bestimmt. Sein windverwirrter Anblick, sein Sprung in ein Geschäftsportal waren also der Abschied gewesen.
Lici hatte das Gefühl, äußerst bittere Medizin geschluckt zu haben. Es war unangenehm, hatte einen schwer zu ertragenden Nachgeschmack, aber man wartete ergeben die Wirkung ab; obwohl man nicht recht daran glaubte, wollte man der Möglichkeit, eine Verbesserung des Zustandes herbeizuführen, ein wenig Zeit lassen. „Gut so", dachte sie schließlich. Jetzt hatte sie eine Hoffnung weniger, war sie eine große Belastung losgeworden. Hoffen war bei ihr Kämpfen, sich darum kümmern, zuviel darüber Nachdenken gewesen. Ein anstrengender Schimmer hatte der Dunkelheit Platz gemacht.
Sie nahm ihren Schirm und ging wieder nach draußen. War es möglich, daß es in so kurzer Zeit zu so strahlend sonnigem Wetter gekommen war? Was sollte sie damit anfangen? Mit wem würde sie je die Überraschung über eine vor sich gegangene Veränderung, das Bestaunen von verwandelten Dingen und auch diesen seltsamen Schmerz des Ausgeschlossenseins bei ergreifend schönen Anblicken teilen können? So wie sie immer in ihren Befürchtungen alleine gewesen war, hatte sie sich auch in ihrer Freude

noch nie jemandem mitteilen können. Auch von schönen Dingen, erinnerte sich Lici, konnte man so überfordert werden, daß man manchmal einen Menschen brauchte, der einem dabei half, es zu ertragen. Und selbst wenn es nur ein gegenseitiges Zunicken wäre; es würde helfen, um mit den unterschiedlichsten, oft unerwarteten Glücksmomenten dieses Lebens zu Rande zu kommen.

Warum senkte Lici in letzter Zeit rasch den Blick, wenn sie über den Häusern ein wolkenziehendes, lila bis orangefarbenes Abendrot erblickte, wenn ein Taubenschwarm aus unerklärlichen Gründen tief durch die Gasse flog, formiert die gelbe Kirche umkreiste, als handle es sich um ein geheimnisvolles Ritual in den Lüften. Wenn der große Park im Duft der Kastanienblüten und des ersten frischgemähten Grases Licht über die Wiesen und Wege verstreute, dort ein wanderndes Hell und ganz drüben ein gebücktes Finster; alle Zwischentöne dazugeworfen? Und immer der leichte Wind, der über die Stadt fegte, sie von den bewaldeten Hügeln abwärtskommend mit unablässigen Streicheleien bedachte. Manchmal rieb er sich eng über die Dächer und durch die Straßen, dann war er wieder gut gelaunt, verhätschelte alles mit kleinen Stupsern und leisem Kraulen; oder aber, ein unberechenbarer Patron, tätschelte seine Schützlinge, eine ganze Stadt ab, trieb dann alles vor- und unversehens rückwärts, verschreckte das Volk mit lockerem Gestein, das herabfiel, um alle bald wieder lau und warm an seine Brust zu ziehen, ihnen Koselaute ins Ohr zu flüstern. Es gab so viel, zu viel für Lici, das man alleine ertragen mußte. Jetzt gab es auch diesen Menschen nicht mehr, mit dem Lici, auch wenn sie einander nicht sehen konnten, sich doch stets in Verbindung gefühlt hatte, da dasselbe Licht, dieselbe Witterung ihn ebenfalls betroffen hatten. Er hatte dieselbe Luft geatmet und war in einem Bereich anwesend gewesen, den Lici bis zu einem gewissen Grad für gemeinsam halten konnte.

Anstatt, wie sie es hätte überlegt durchführen müssen, an

ihre Arbeit zurückzukehren und Kurt eine glaubwürdige Erklärung für ihre Abwesenheit für diese Stunden zu geben, sich Arbeit mit nach Hause zu nehmen, bog sie beim Gehen in eine Richtung ab, die zum Park führte. Der späte Nachmittag machte einen goldenen Raum aus ihm, eine Aneinanderreihung von bedächtigen Kirchenschiffen, die, durch kostbare Fenster Licht spendend, auch Bänke zur Verfügung stellte, auf die man sich hilfesuchend niederlassen konnte. Lici setzte sich und war, mit dem hölzernen Sitz verschmolzen, selbst ein Gegenstand geworden. Leute zogen vorbei, die es nach den täglichen Berufsausübungen heimwärts, zunächst einmal zur Straßenbahn, den Bussen, den Parkplätzen trieb. Keiner hob den Kopf nach den Baumkronen, keiner besah sich die ersten blühenden Büsche. Nur Lici saß da auf der Bank, die noch immer mit Regenfeuchtigkeit vollgesogen war, und hätte gerne alles gläsern, durchsichtig gemacht, noch lieber mit der Hand weggescheucht, was sich so aufdringlich zwischen ihr und den wiegenden Ästen vorbeibewegte. Schräg gegenüber standen einige lange Tische, die zur Mittagszeit, Lici hatte früher oft das lustige Treiben der Pensionisten belächelt, für Karten- und Glücksspiele der älteren Menschen, meist der Männer, die manchmal eine resche, laut aufkreischende Frau dabei sein ließen, benützt wurden. Lici legte die Hände ineinander, auf ihren Schoß. Sie hatte so ein besseres Gefühl, als habe eine Hälfte von ihr die andere bei der Hand, als wäre sie nicht ganz allein. Wenn einer der Finger über den anderen streifte, dieser die Berührung zurückgab, hatte Lici ein anheimelndes Gefühl der Zugehörigkeit, des Angeschlossenseins. Es fand ein eigener Kreislauf in ihr statt, der kaum etwas mit Gefäßen und Organen zu tun hatte. Es erheiterte sie, an die panische Angst zurückzudenken, die sie während der ersten Kommunion befallen hatte, als sie plötzlich nicht mehr wußte, ob beim Händefalten der rechte Daumen über dem linken oder der linke über dem rechten das Erforderliche war. Damals hatte sie diese heil-

same Wirkung des Ineinanderflechtens oder „Faltens" der Hände nicht im geringsten begriffen. Sie hatte dieses Gefühl selbst vor kurzem noch nicht gekannt.
Eine ältere Frau drehte sich nahe bei Lici unerwartet um, steuerte auf die leerstehenden Kartenspieltische zu und setzte sich, den Rücken gegen einen dicken Baumstamm gelehnt, auf eine der dazugehörigen Bänke. Mit Gesten, als sei sie unter Aufsicht und müsse nun zeigen, daß sie gut damit umgehen könne, zog sie aus einem dunkelblauen Beutel einige Schachteln, einen Block, „Firlefanz" heraus. Die Umgebung schien ihr, als sie nun aufsah, erfreulich vorzukommen, sie teilte das auch sogleich jemandem mit, der nicht anwesend war, höchstwahrscheinlich aber ihr gegenüber Platz genommen haben mußte. Als sie damit beschäftigt war, die hervorgeräumten Sachen in einer bestimmten Reihenfolge um sich zu ordnen, unterbrach sie ihre Betätigung hin und wieder, den Gegenstand noch unschlüssig in der Hand haltend, um ihrem unsichtbaren Vis-à-vis eine dringende Frage zu beantworten. Sie schien es mit einem anspruchsvollen Partner zu tun zu haben, denn mit „irgend etwas" konnte augenscheinlich nicht geantwortet werden. Sie überdachte längere Zeit ihre Worte, bis sie diese mit erläuternden feinfingrigen Gebärden und eindringlichem Blick auf *den* (so nahm Lici an) Unsichtbaren einwirken ließ. Die Entfernung war zu groß, um den Wortlaut des Gespräches mitzuverfolgen; aber daß es nun schon eine kleine Diskussion wurde, ließ sich deutlich an den Lippen der Frau und ihrem Gesichtsausdruck ablesen. Endlich war ein Übereinkommen zustande gebracht worden, die Frau lächelte erleichtert hinüber, schüttelte dabei langsam den Kopf, so daß man ihr ansah, sie hätte die Zeit lieber nicht mit diesen unsinnigen Zwistigkeiten verbracht. Sie nahm nun Buntstifte aus einer der Schachteln und begann, damit überlegt ihren Zeichenblock zu bekritzeln. Sie war ganz vertieft, die Zeichnung schien bereits ein gutes Stadium erreicht zu haben, da wurde sie schon wieder

durch eine unselige Bemerkung aus ihrer Konzentration herausgerissen, hielt inne und gab vorwurfsvoll Antwort. Als sie erneut ansetzen wollte, Linie zu ziehen, fiel ihr nachträglich noch etwas ein; sie machte mit erhobenem Zeigefinger deutlichst auf etwas Zusätzliches aufmerksam. Der dumme Kerl schien diese wichtige Aussage nicht richtig verstanden zu haben; sie mußte sich bereits erbost erneut auf ihren vorherigen Standpunkt stützen und wollte, den Rotstift in der Hand, auch nicht im geringsten davon ablassen, ihre Position zu verteidigen. Endlich gewann sie Terrain, man hatte kapituliert und ihr völlig recht gegeben. Es war auch höchste Zeit, sonst wäre es noch zu einer Szene gekommen! Milde wurde am Blatt weitergezeichnet, man konnte ja auch ein paar Worte von sich geben, ohne den Blick vom Werk abzuwenden. Nun schien ihr aber ein ordentliches Kompliment gemacht worden zu sein; sie hob halb gerührt, halb verlegen den Kopf, führte mit zwei Fingern ihr herunterbaumelndes Haar hinter ein Ohr und fragte scheu nach, ob das wohl ernst gemeint wäre. Es schien ihr bestätigt worden zu sein, denn sogleich bückte sie sich leicht errötet wieder zu ihrem Bild, blickte wieder auf – die ganze Wiese, die vor ihr in der Abendsonne lag, war zu Wärme in ihren Augen geworden; sie war ein junges Mädchen, das traumverloren in die Augen seines Liebsten schaute . . . Lici blickte betroffen auf den Boden; kam sich schäbig vor, einer solchen Intimität ungeniert beigewohnt zu haben. Aber schon ging dort drüben die Arbeit weiter, die Frau hantierte wieder an ihrem Blatt, tauschte die Buntstifte aus, strichelte sorgfältig und vergaß dabei nie, der beschäftigungslosen Person gegenüber dies und das zu berichten. Waren die Erwiderungen lustig oder treffend, lachte sie laut auf oder grinste kumpelhaft auf ihr Blatt. War da wieder kleine Unterschiedlichkeit bei einer Auffassung eingetreten, warf sie sofort einen forschenden Blick nach drüben, fragte nach, überdachte und gab sogar in einigem nach.

Lici hatte noch immer ihre Finger ineinander verflochten; so stand sie jetzt auch auf. Die Handtasche baumelte um ihre Schulter, der Schirm um ihren Arm, und sie ging, sich selbst die Hände haltend, davon.

Das war es also, was sie noch zu erwarten hatte. Sie würde bald mit Leuten ausgehen, die nicht vorhanden waren. Nicht, daß sie sich diese Frau unglücklich dachte; nur rief etwas in ihr selbst mit Empörung danach, noch Anrecht auf Unterhaltungen zu haben, die sich unter leibhaftig vorhand enen Menschen abspielten.

Und da, kurz vor ihrem Haus, stieß sie noch auf die ebenfalls ältere Frau aus dem Nebenhaus, die ständig zwischen der Klinik und ihrem Zuhause hin und herpendelte, je nachdem in welchem Zustand sie sich befand. Sie mußte sich in letzter Zeit wohler fühlen; machte nicht mehr so ein Geschrei auf der Straße, wenn sie jemanden begrüßte, oder tanzte gar, wie damals, als man sie darauf nur mit Mühe in den Rettungswagen zerren hatte können, inmitten einer Blaskapelle vom Lande, die vor einem großen Kaufhaus Aufstellung genommen hatte, begeistert zur Musik mit, während sie alle Mütter mit Kindern durch unerwartetes Heben ihres Rockes und Weitergehopse in Unterhosen verscheuchte.

Lici schien heute auf solche Menschen große Anziehung auszuüben; schon war diese Frau mit ihr in ein Gespräch verwickelt; obwohl sie selbst nichts sprach, sondern nur erzählt bekam. Zum Beispiel wurde ihr das Problem vorgelegt, wie man sich verhalten solle, wenn man zwar gerne rauche, sich aber nach jeder Zigarette gründlich die Zähne zu putzen verpflichtet fühle. Wie könne man je mit Genuß rauchen, wenn man unentwegt, über die Waschmuschel gebeugt, das Spülwasser ausgurgeln müsse!? Lici wußte darauf keine rechte Antwort, war aber sogleich restlos von dem Schreck blockiert, der in sie gefahren war, als sie sich an ihr eigenes zwanghaftes Zähneputz- und Waschbedürfnis angesichts gewisser Situationen erinnerte! Es war uner-

träglich. Sie mußte sich noch anhören, daß „Locken" dem Gesicht der Berichtenden wohl schmeicheln müßten, ob Lici nicht dieser Meinung sei?, sie aber immer das zwingende Bedürfnis überfalle, diese sofort wieder aus dem Haar herauszukämmen; und zwar stundenlang. Ob es da nicht gescheiter wäre, bei glattem Haar zu bleiben?
Lici drehte sich um, ging nach Hause, ließ die Wohnungstüre hinter sich zufallen und machte einen Schritt zur Küche, darauf einen zum Bad, einen zu den Wohnräumen; blieb dann still stehen, mitten im Vorzimmer. Es gab nichts mehr, wohin sie sich hätte retten können.
Sie hantierte dann doch in den Räumen herum, verschob einsam herumstehende Möbel, goß einige Blumen – hielt jedoch immer wieder inne, vom altbekannten, diesmal aber unüberwindbar furchteinflößenden Mitansehen und Beobachtenmüssen ihrer eigenen Handlungen in eine Schwerfälligkeit gebracht, die keine schnellen, selbstverständlichen Griffe mehr zuließ. Daß man einfach die Türklinke hinabdrückte, daß man sich automatisch gemerkt hatte, wie man Türen öffnete oder schloß; daß man Lichtschalter aus- und anknipste, ohne auch nur mehr denken oder gar hinsehen zu müssen; daß sie den Löffel so selbstverständlich während des Hochhebens in die Richtung des Mundes drehte, ohne deswegen beim Lesen aufhören zu müssen ... das alles kam ihr plötzlich erschreckend vor. Warum war es ihr genommen, sich immer und in jedem kleinsten Zeitraum alles dessen bewußt zu sein, was in ihr vorging, was sie zu tun vorhatte, was sie gerade zu tun aufgehört hatte, was sie jetzt gerade tat und dachte? Warum war sie so grobschlächtig konstruiert worden, daß ein gespeichertes Etwas in ihr die meisten Tätigkeiten übernahm, sie sozusagen an ihrer Stelle ausführte: sie dabei so diskret behandelte, daß Lici sich noch jede Menge und in alle Richtungen Gedanken machen konnte; sie mit mehreren Dingen gleichzeitig beschäftigt war, ohne eines davon falsch zu machen? Tee zu trinken, dabei die Zeitung durchzublättern,

gleichzeitig während des Sitzens den Stuhl näher ans Tageslicht zu schieben, war nur ein simples Beispiel dafür! Lici kam sich übergangen vor; fürchtete, daß dieses roboterhafte Abspulen eine Unachtsamkeit begehen könne, vielleicht plötzlich nicht mehr weiterwüßte, wie bei Stromausfall zum völligen Erlahmen kommen könne. Sie konnte sich gut vorstellen, daß sie plötzlich nicht mehr vor-, sondern nur mehr rückwärts gehen könne, ihre Erinnerung, ihr Bemühen, sich eines Bewegungsablaufes wieder zu entsinnen, plötzlich zusammenbrechen würde. Daß sie der Gabe verlustig gehen könne, mit der Hand nach gewissen Gegenständen zu greifen und dieser auch habhaft werden zu können. Wer hatte Licis „Ich" so betäubt? Und ihr die volle Verantwortung genommen? Sie wäre gerne an allen Ecken und Enden bei sich selbst gewesen! Und hatte das Gefühl, statt dessen in vollkommener Abhängigkeit in ihre menschliche Verkleidung eingepfercht zu sein.
Sie hatte Angst; Angst um sich, ihr Existieren, das sich mit einer Maschinerie abzuschleppen hatte, mit der sie nichts anderes anfangen konnte, als ihren Vorgängen, ihrem prompten Funktionieren zu *vertrauen.* Wie sollte sie denn einer bloßen Maskerade, die sie durch Entfernungen schleppte, sie bewegte, aufstellte, fütterte und entleerte, sie reden ließ, vertrauen? Wie sollte sie ihren Bauteilen, zum Beispiel dem Herz, vertrauen, daß es noch weiterschlagen und nicht sogleich damit aufhören würde? Wie sollte sie dem Gehirn vertrauen, daß es sie sorgfältig verwaltete, ihr nicht etwas ins Denken beimengte, was sie nicht als Eigenes behalten wollte? Und all diese Gliedmaßen – an Aussehen und individuelle Bewegungen war Lici weit entfernt zu denken –, aber daß sie so einfach funktionierten und die Vielfalt ihrer Abläufe so reibungslos zuging, machte sie skeptisch. Sie starrte ihre Füße, Hände an wie ein seltsames Gerät, dem man tatsächlich Befehle geben konnte, die einzelnen Teile in diese oder jene Richtung zu bewegen, sich belasten zu lassen, zu ballen, zu biegen . . .

Lici stand immer wieder still da, in heller Panik und vollkommener Vertrauenslosigkeit „sich selbst“ gegenüber. Wo war denn eigentlich ihr „Ich“? Wieso konnte man an einen anderen Menschen angeschmiegt sein, manchmal selbst dessen Gedanken lesen und sich ihm so nahe wie nur möglich fühlen (eine Überlegung, die sie wie ein Fremdkörper an längst Verlorenes, einmal Empfundenes erinnerte), und trotzdem nicht sein „Ich“ teilen, es übernehmen; und selbst wenn man in den anderen hineinkröche, es nicht mit dem Eigenen austauschen? Wieso war Lici Lici geworden und nicht die Nachbarin am anderen Ende des Ganges? Oder sonst jemand anderer? Und hatten sie auch die gleichen Eltern, so war sie trotzdem nicht auch gleichzeitig eines ihrer Geschwister geworden, war sie von diesen genauso weit entfernt, ihnen fremd wie allen anderen. – Und war ausgerechnet sie, das dritte Kind, „sie“ geworden! . . .
Lici befahl sich, zu Bett zu gehen; war lange mit diversen Verrichtungen beschäftigt, die sie sonst nur Minuten gekostet hatten, wollte in unbeherrschter Furcht vor sich fliehen und immer wieder, in minutiöse Beobachtungen der kleinsten Bewegungen hineinverschlungen, herausspringen, es vergessen können.
Schweißgebadet lag sie die Nacht, schlichtete nun das linke Bein über das rechte, rollte daher als Folge den Körper seitlich, atmete aus und auch wieder ein, hielt die Luft an oder hechelte schnell, horchte auf ihre Herzschläge. Ging es nicht allmählich über ihre Kräfte, sich ständig den eigenen Körper vorzuführen, zu drehen, zu beugen und dabei immer wieder in Entsetzens-Abgründe zu fallen? Sollte sie nicht lieber in Ruhe abwarten, wann sie sich verlieren, ausgelöscht sein würde? Sie mußte versuchen, vor ihren mikroskopischen Untersuchungen nicht mehr fliehen zu wollen. Warum ihnen davonlaufen, warum sie ignorieren wollen; sie nicht „lassen“, in einer kameradschaftlichen Weise diesen Ballast mit sich herumschleppen und

erst dann kapitulieren, wenn es wirklich nicht mehr weiterging? Sie, Lici, könnte genausogut in irgendeinem Kasten stecken; und worin immer sie war, sie würde es eben sich befördern und von selbst tun lassen; sie mußte sich in dieser Schlacht wohl „ergeben" lernen.

Unter diesen Gedanken brachte sie es fertig, vielleicht hatten ihr auch die zwei Stunden erschöpften Schlafens dazu verholfen, sich morgens als den ähnlich selben Menschen herzurichten, den sie gewohnt war, täglich beim Verlassen der Wohnung nochmals kurz im Spiegel zu überprüfen. Sie machte sich sogar Kaffee und besah von weiter weg in erwarteter Befürchtung die Bewegungen des Umrührens, des Auf- und Niedersetzens der Tasse als merkwürdige rätselvolle Zuckungen, die ihr „Kasten" anscheinend zur Zeit nötig fand, von sich zu geben.
Sie überließ es diesem Kasten auch, sie durch die Straßen in das bekannte Haus, die Stiegen hinauf, in den Raum mit ihrem Arbeitstisch, daran vorbei direkt in Kurt Hellmuths Zimmer zu führen.
Es wurde ihr mit auf den Tisch gestützten Armen, den Körper halb erhoben, entgegengesehen; einer Haltung, die jederzeit in Aufspringen, sie Anspringen übergehen konnte und doch beim Näherkommen in ein langsames Zurücksacken, sich in die Stuhllehne Hineindrücken umwandelte. Lici wurde gegenüber zum Platznehmen gebracht, wer oder was immer diese Anordnung gegeben haben mochte. Auf der anderen Tischseite zog man ein Brillenetui aus der Jackentasche, hatte Schwierigkeiten beim Öffnen, setzte sich eine dunkle Brille auf, nahm sie ab, war sie etwa mehr für Sonnenschein geeignet? Aber es befand sich in einer zweiten Jackentasche, innen, noch ein Etui; es war leichter, hieraus die nächste, eine helle Brille zu nehmen und mit einer Geste, die den Übergang von Unsicherheit zu Entschlossenheit andeutete, sie endgültig auf das Gesicht zu setzen. Nur eine Hand hielt noch den Bügel; wahrscheinlich

entsprach es dem Bedürfnis, dieses gläserne Instrument die Nase entlangzuschieben, hinauf und hinunter.
Lici kannte den Ton einer solchen Stimme; sie hatte etwas Androhendes in sich, das an längst vergessen geglaubte Momente denken ließ: ihres Schullebens, auch daß manchmal aus dem gutmütigen Vater ein unerbittlicher Bezwinger geworden war; an Verbote, die man gehofft hatte abwenden zu können, an den Zahnarzt, der ihr das mögliche Ausreißen von Zähnen ankündigte. Hier herinnen hatte wohl etwas längst Angestautes seinen Durchlaß gefunden, wurde zu gepreßt Hervorgehacktem, das durch die Sprache mit ihren Worten sicherlich einen Sinn ergeben mußte; in der Schnelligkeit aber, mit der es Lici entgegenschoß, nur ein Berg von Tonfällen und rhythmusverändernden Zwischenlauten war, der sich hoch und unüberblickbar ihr entgegenschob.
Lici spürte von hinten Licht, sie mußte wohl mit dem Rücken gegen das Fenster sitzen; andererseits war er, dort drüben, strahlend hell beleuchtet, reflektierte, da in diese Räume doch nie echte Tagesbeleuchtung eingedrungen war, das Sonnenlicht der gegenüberliegenden Hausmauern. Also wurde dieser Raum „aus zweiter Hand" so freundlich bestrahlt? Es war nun nicht mehr möglich, Kurts Blick zu sehen, die gläsernen Bedeckungen hatten sich in das Licht gelegt, ließen sich darin genüßlich wiegen und hielten seine Augen getarnt hinter sich. Dafür zeigten sie Lici, was in ihrem Hintergrund zu sehen sein mußte. Ein hohes Fenster mit einem Fensterkreuz, das sich besonders geschmeidig über Kurts Brillen gleiten ließ. Ein großer Schrank, der bei gewissen Wendungen des Kopfes dunkel und geheimnisvoll die Anzahl seiner vielen Schubladen preiszugeben versuchte. Es war schwierig, das Rätsel zu lösen, einmal wurde von unten nach oben aneinandergereiht, einmal von oben nach unten und manchmal von einer der Seiten, wobei die Zeit zu kurz war, um sie zum Zählen auszunützen. Wenn Kurt den Kopf etwas ruhiger hielt, nicht wissend,

daß sein zwingender Blick Lici nicht treffen konnte, war es auch möglich, die Form und makellose Aneinanderreihung der sonnenbeschienenen Fenster der anderen Straßenseite zu betrachten. Als gar eine Straßenbahn vorbeifuhr, die mit ihrem aufdringlichen Lärm Kurt zu lauterem Ton zwang, schob sich knapp über dem Fensterbrett ein grau-weißer länglicher Hügel vorbei, mit langen Fühlern, die gespannte Drähte abtasteten.

Und als Kurt das, was aus ihm herausdröhnte, anhielt, wobei er den Kopf so weit seitlich hielt, daß der Ansatz des einen schnell zuckenden Augenlides, darauf dessen kurzes Erstarren erkennbar wurde, konnte Lici, sich ein wenig nachneigend, auf den spiegelnden Gläsern eine sich öffnende Türe sehen, die andersartigen Laute mit den Bewegungen in Verbindung bringen, deren sich eine Person bediente, die das Zimmer betrat. Es war eher eine gebündelte Haltung, die sich da unversehens vergrößerte, es gab kein Geschlenker von einzelnen Gliedmaßen, es mußte sich um gebücktes Tragen handeln. Die Bestätigung wurde auch gleich neben Lici auf den Tisch abgelagert; ein schwerer Packen von Prospekten. Lici war zu eingeschmolzen, um den Kopf zu wenden, um diesem Wesen, das sich nun auf den Brillen Kurts in wieder gehobener, kopfgewendeter Weise verkleinernd wegverzog, ein Wort, eine Erwiderung zu geben; es war wohl Frl. Kolb gewesen.

War die Redeweise ihres Gegenübers schon von Anfang an anstrengend lautstark, die nun eingetretene leisere Pause fast erholsam gewesen, so folgte nun ein wildes Orchesterstück, das man, nicht ganz bei der Sache, abwesend mit anderem beschäftigt, im Radio abgedreht, im Konzertsaal verfrüht verlassen hätte; es fing an, wirklich unerträglich zu werden.

Einzig die Brillen konnten nicht satt daran werden, bewegteste Bilder wiederzugeben. Der Plafond und der Fußboden warfen einander die schwierigsten Ansichten zu, jagten Kästen, Stühle, Aschenbecher und Schreibzeug zwischen

sich hin und her, rutschten raschest von Licis Kontur zur Türklinke hinüber, behielten eine Weile ein völlig verdüstertes Fußbodeneck im Zaum, um es gleich darauf wieder mit dem Abglanz des lichtwerfenden Fensters zu verjagen. In diesem Wirrwarr konnte man Einzelheiten kaum mehr aufnehmen: jemand ließ da hektisch seine laufende Kamera baumeln, hatte vor, sich ein Experiment zu gestatten.
Aber Licis Ohren nahmen widerstrebend auf; sie war nicht imstande, es ihnen einfach zu verbieten. Das war wohl, was man eine „Kündigung" nannte? Gut, gut, aber man verlangte außerdem heftigst eine Rechtfertigung von ihr. Der abrupte Stillstand und das sogleich wieder unbeherrschte Wogen der Bilder auf Kurts Gläsern signalisierten eifrig mit – sie hielten treu zu dem Kopf, an dem sie hingen.
Den Mund aufzumachen und Worte zu finden, die den Ausdruck der Übereinstimmung zusammenbrachten, war strapaziöse Arbeit. Sie wäre gerne irgendwo im Freien gewesen, an der Luft, in der Sonne. Kurt bekam schließlich von Lici eine so gut wie möglich zu Sätzen geformte Unterstützung durch ihre volle Einsicht, daß man mit „so etwas" wie ihr nicht mehr arbeiten könne. Ganz recht, er sei doch nicht die Wohlfahrt, und sie hätte es ja wirklich schon seit längerem tatenlos dazu kommen lassen, sich direkt selbst von hier nach draußen befördert.
Sie hatte sogar die Idee, ihm von einer Art Erleichterung, des Abnehmens eines schuldbewußten Druckes, zu erzählen; aber die Formulierung erschien ihr derart schwierig, daß sie sich mit dem bisher Gesagten zufriedengab und hoffte, bei Kurt dasselbe bewirkt zu haben; mit etwas leiserer Stimme entlassen zu werden.
Wer nahm denn da die Brille ab und gab ihr einen Blick, der schmerzlich und verzweifelt wirkte? Der liebe Kurt! Über den Tisch hin streichelte sie seine eine Wange, nickte ihm noch einmal zustimmend zu. Dann durfte sie sich, durch eine Anzahl von Möbelstücken windend, Türen auf- und

zumachend, über die Stiegen hinunter endlich durch das offene Tor hinaustransportieren.
Vor dem Haustor auf die schattige Straßenseite hingestellt, sah sie nichts als das blendend helle Gegenüber von Häuserzeilen. War es hier kühl und roch es aus dem großen Tor hinter ihr nach ungelüfteter Kälte, dem Vorhandensein von Mülleimern, war hier um sie nichts als der leblose graue Putz des Gemäuers, so hatte das Gegenüber sich bewegungsfreudig der Sonne zugewendet, spiegelten sich Scheiben und Schriften in ihren Strahlen, tänzelten die kleinen Fahnen am alten Palais lustig zur frühsommerlichen Luft.
Es handelte sich um eine kurze Strecke, Lici mußte nur die Grenzlinie vom Dunkel zum Hell überwinden, die sich in der Mitte der Straße abzeichnete, um den vereisten Block, als den sie sich empfand, dort in der Wärme auftauen zu lassen. Jemand in grauem Arbeitsmantel verstellte Lici die Sicht, schwoll immer breiter und dunkler an, stand zum Gesicht vergrößert vor ihr und grüßte, vielleicht schon mehrere Male, mit Halsverkürzungen in ihre Richtung; sie drehte sich um, stand sie da im Weg? Niemand hier, also was wollte der Mensch? Wenn man ihn genauer besah, war es Herr Kranz; der Gruß mußte ihr gegolten haben, war sie denn noch so gut sichtbar? Sie antwortete sehr freundlich, aber doch langsam, um zu horchen, ob dieser Gruß auch deutlich aus ihr herauskam. Er tat seine Wirkung – der ersehnte Anblick des hellen Zieles wurde endlich wieder frei und ungestört; fing an, sich auf Lici zuzubewegen. Das Abbremsen eines Fahrzeuges, bösartige Rufe, die ihr nachschallten, erstaunten sie. Gab es denn noch etwas, das sie hätte gefährden können?
Da tauchte vor ihr auf dem Boden etwas auf, schob sich gleichschrittig mit ihr aus der geraden Begrenzung von Dunkel zu Hell heraus, hatte den Umriß eines länglichen Kopfes, von Haaren, die daran hin und herbaumelten; der lange Hals schob einen schmalschultrigen Körper nach,

der, sich verbreiternd, in Beine, Füße überging, die eng mit Licis Schuhen verbunden waren; sich nur kurz von ihnen trennte, wenn abwechselnd ein Fuß hochgehoben wurde, sich aber haltlos zur Vereinigung drängte, sobald diese wieder den Boden berührten. So fand sich Lici auf der anderen Straßenseite nicht allein. Als sie seitlich gedreht und vom Licht geblendet das Trottoir mit Schritten nach hinten zog, mühsam, Zug um Zug, wie das Einholen eines Netzes aus dem Meer, konnte sie neben sich ihren Schatten mitgleiten fühlen, zusehen, wie er sich in jeden Mauerwinkel hineinschmiegte und, Lici unerbittlich unterworfen, sich wieder zu ihr herauswand. Er stemmte sich mit ihr zusammen den Gebäuden entgegen, die, vorerst nur ihre schmale Seitenansicht in die Breite ziehend, plötzlich aufgereiht mit Zermalmen drohten, um im letzten Moment doch noch aufgebläht auszuweichen und ganz harmlos rückwärts wegzufließen. Entfernten sich die seitlichen Hauswände mehr von Lici, rutschte der Schatten dunkel hinab, hielt oft nur noch den Kopf aufrecht; zog aber sonst, den entstellenden Knick ertragend, der sich an ihm auf und ab schob, unabänderlich mit ihr mit. Wie oft mußte er sich über groben Flächen zerbröckeln und schütteln lassen; stillhalten, wenn glatte Stellen sich ölig unter ihm durchschoben. Als hielten die Häuser beim Anstellen Pausen ein oder verschnauften kurz im Vorwärtsdrängen, kamen öfter freiere Räume auf sie zu, die, unvermutete Windstöße zuschickend, mit verschiedenen Einsichten vorbeitrieben. Plätze, Gassen etwa, die, sich eitel wendend, zuerst nur den Anblick ihrer einen Seite zuließen, dann umwechselnd aber doch noch den Vergleich zur anderen Seite boten: sich wieder schlossen und gleichfalls rückwärts verschwanden. An solchen Stellen kam Lici oft ihr Schatten abhanden, sie fand ihn dann irgendwo hinter oder neben sich hingestreut, den dünnen Kopf ganz weit entfernt. Sie ließ sich drehen, bis der Schatten vor ihr lag, bestimmte nach ihm die Richtungen, die an ihnen vorbeiziehen sollten.

Unter der Markise eines Geschäftes hatte sie ihn, den Schatten, plötzlich verloren, fand ihn aber gleich wieder, sobald sie erneut der Hitze ausgesetzt war. Schon hatte er treu seinen Platz neben ihr eingenommen. Blieb auch, als Lici unversehens das Ringelspiel anhielt und nichts mehr vorbeiließ, unbeweglich auf seinem zugewiesenen Fleck, harrte ruhig aus. Er hatte die unbequeme Haltung des halb in einen Torbogen Hineingewinkeltseins, und in Bauchhöhe über den runden Eckstein gebogen, im Gesäß das Gehsteigeck zu ertragen. Lici drängte es zurück nach dem Sonnenschutz; das Werkel lief kurz in umgekehrter Reihenfolge, hielt unter dem ausgespannten Tuch an. Würde jemand, aus einem höhergelegenen Stockwerk schauend, Lici vor kurzem noch gesehen haben, so wäre sie jetzt für ihn verschwunden. Und für sie war der Schatten, den sie über die Flächen und gegen die Mauern geworfen hatte, verschwunden.
Genauso, wie sie diese Erscheinung, die ihr Entstehen dem Umstand zu verdanken hatte, daß Lici zwischen ihr und der Lichtquelle postiert war, durch ihr Untertauchen in eine größere Schattenstelle vernichten konnte, etwas immerhin Existierendes mutwillig zerstört hatte, genauso, kam ihr vor, wurde auch sie durch dieses Leben geschleift; irgendwann würde das, dem sie ihre Entstehung verdankte, sich in einen dunklen Raum begeben und sie damit auslöschen.
In diesem Moment hatte Lici das Gefühl einer Erkenntnis und damit verbunden das Gefühl der restlosen Abhängigkeit von etwas Erschreckendem. Sie wurde darin verpackt, beängstigend eingeschnürt.
Lici fing mit einemmal damit an, alles zusammenzuraffen, was sie so zum Fürchten brachte. Sie wollte es um sich haben, nicht das kleinste Detail vergessen; sie sammelte, ohne Grund unter sich zu fühlen, von einem Anfall grausamen Schwindelgefühls befallen, ein. Sie wollte! Wollte diese Zustände behalten und nicht Abstand von ihnen halten, der nur durch narkoseartige, todesnahe Starre einzu-

halten gewesen wäre. Lieber mit ihnen zusammen umkommen, ganz bewußt! Oder – regte sich jetzt etwas wie Aufbegehren in ihr? – sie wollte versuchen, sich ihrer zu entledigen, ihr Zugrundegehen herbeizuführen. Wieder so wie früher zu werden, erschien ihr jetzt, unter diesem Baldachin, den Leuten gedankenverloren im Weg stehend, absolut unmöglich. Aber eventuell einen Kampf einzugehen, um in einer neuen Station ihres Lebens wieder als sie selbst aufzuwachen, nicht sofort aufzugeben, sich noch die Chance einzuräumen, erfahren zu dürfen, ob man nicht doch noch selbst etwas bewirken konnte – wäre einen Versuch wert. Vielleicht besaß sie noch einen Rest Kraft, würde nicht gleich wie ein Huhn, das zum Köpfen eingefangen auf den blutigen Hackstock geschmissen wurde, ergeben ihren Kopf hinlegen; verfrüht im Gegacker verstummt.

Viele Stimmen in ihr, die weinerlich von „Nicht-mehr-Können" erzählten, dämpfte sie zu ersticktem Gewimmer, indem sie sie zu überzeugen versuchte, daß man nun alles, was an einem hing wie der Schatten, alles, das um einen wob und das man zu durchqueren hatte, unbeachtet lassen mußte. Nur das Eigenste bedenkend, sollte mit den ängstlichen Gliedern losgegangen werden.

Sie tat einen großen Schritt, hatte ihn sich vorgenommen und auch ausgeführt, hinaus ins Helle, brachte den nächsten zustande, befahl dabei ihren Armen, sich locker mitzubewegen. Als sie schon ganz gut eine Strecke zurückgelegt hatte, *sie* es war, die ganz bewußt langsamer oder schneller vorwärts ging, Leuten seitlich auswich, sich zum Himmel aufschauen traute und zurück ins dichte Getriebe dieser Straße, zwang sie ihre Gedanken, den körperlichen Kontrollturm zu verlassen, sich ein örtliches Ziel zu setzen, dort auch hingelangen zu wollen.

Sie erkannte jetzt die Gegend sehr gut, erinnerte sich der Namen aller Gassen und Plätze; hatte sie nicht ihr Auto hier in der Nähe abgestellt? Der Führerschein! Wie war es ihr

entfallen, daß man ihr längst eine Meldung hatte zukommen lassen, ihn sich wieder abzuholen? Von wo? Von der Polizeidirektion! Sie erinnerte sich auf einmal an so vieles, als wären dazwischen Jahre vergangen, und begriff doch, daß es erst kürzlich geschehen war ... Das Pendel des großen Uhrkastens im Wohnzimmer ihrer Großeltern stand unvermutet vor ihren Augen: es war aus hellem glänzendem Metall gewesen, eine große runde Messingscheibe, die unbeirrt, das Kind damals dachte für ewig, sicher und gleichmäßig hin und her schwang.
Und da stand ihr Wagen; er hatte eigentlich ein nettes Hinterteil, ein so unverwechselbares mit diesem zerknautschten Nummernschild! Wo kam das her, daß sie sich beim Einsteigen besorgt fühlte, daß es ohne Führerschein geschah? War also doch noch etwas von der guten alten Sorgfalt übriggeblieben? Nicht zu fassen, daß Überlegungen, Strafen betreffend, Geldgedanken, wieder von ihr Besitz ergreifen konnten; daß eine kurze Aufwallung zum Leben auch sofort mit der Anteilnahme an Kleinlichkeiten zusammenzuhängen schien! Jetzt durfte nicht gestockt werden, nur kein Zurücksinken. Man saß, *Lici* saß in ihrem Fahrzeug und würde es nun auch fortlenken! Gut – so rasch fiel ihr nicht ein, wohin –, also würde sie erst einmal die alten Griffe ausführen – es ging – und, na bitte, losfahren! *Sie* konnte jetzt Gänge einlegen, das Gaspedal, die Bremse betätigen. Sie war es, die sich aus dem Gewirr der Innenstadt hinauslotste, sie war es, die sich beim schnellen Anblick eines Baumes nach der Landschaft ihrer liebsten Spaziergänge sehnte, die, zwar ziemlich weit über dem Fluß gelegen, aber da sie den Weg gut kannte, sicher (ja, sie war sich dessen „sicher") bald erreicht sein konnte. Und da sie es gerne hätte, dort zu sein, würde sie auch hinfahren! Ein zaghafter Triumph kam in ihr auf, sie würgte ihn ab; erinnerte sich an kitischige Filmszenen, Zeitungsartikel, die in ihr früher oft Tränen der Rührung hatten hochkommen lassen, die sie beschämt wieder zurückgezwungen,

erbost als manipulierte Sentimentalität abgetan hatte. Auch jetzt konnte sie sich keine Gefühle leisten, keine freudigen, nur weil sie, seit längerem in eine dunkle Höhle gesperrt, einen kleinen Lichtschein wahrnahm und sich damit womöglich täuschte, daß es auch gleich der rettende Ausgang sein könne.

Was machte der Idiot dort vorne? Bremste und bog ab, ohne auch nur ein Zeichen zu geben! Und jetzt wieder einer, der anscheinend noch nicht wußte, daß sein Mobil schneller als ein Fußgeher sein konnte. Im geeigneten Moment zu überholen, hatte etwas Beschwingendes an sich, es galt zu wittern, zu reagieren.

Die Brücke über den Strom war ein sonniger Bogen, über den man von einer verhangenen, von undurchsichtigen Schwaden durchzogenen Seite auf die andere, klare und helle, wie Lici wußte, nicht, wie sie es in die Kolonne eingereiht schon sah, hinüberzurutschen schien. Ziemlich unsicher und bedrückt hatte sie sich damals auf dem großen Weinfaß gefühlt; die Eltern unten erwarteten sie heiter, alles lachte da am „Leopoldstag"; und so ließ sie sich fallen, rutschte, fiel hopsend den vertrauten Händen entgegen – schaute zurück auf das Ungetüm, das zuerst Furcht, dann ein angenehmes Kribbeln in ihr erzeugt, das Lici bezwungen hatte.

Schon teilte sich der trostlose Vorort, mit Neubauten aller Art unharmonisch hingestellt, sein Aussehen mit kleinen, älteren Häusern, die, eingeschüchtert unter ihr Dach verkrochen, noch zu einer Zeit hielten, die sie als schön und richtig empfunden hatten. Die ersten Felder tauchten auf, etwas entfernter wanderte der runde Buckel des einsamen größeren Berges dieser Gegend vorbei. Die Straße wurde enger und holpriger, es standen noch einzelne Kirschenbäume an ihrer Seite, trauten sich nicht mehr von ihrem Windschutz und Schattenspenden zu reden, hatte man sie doch beträchtlich eliminiert, ganze Sippen ausgerottet; jeden Zusammenhang längst weggehackt. Gedemütigt

hielten sie neben dem Asphalt stand, mit Leuchtfolien beklebt, um auch bei Nacht nicht – unsichtbar – sich heimlich im Wind Uraltes vorgaukeln zu können.
Lici kannte ihren Weg, sie bog ab, hinein in die für sie „wirkliche" Landschaft. Das zaghafte Wimmern meldete sich wieder; Lici herrschte es nicht unfreundlich an, nahm auch nicht Reißaus oder versuchte, es einfach zu überhören, sondern ertrug es. All das war ein Teil von ihr und wenn er einmal heilen konnte oder sich wandeln, wenn die einzelnen Gliedmaßen sich nicht mehr in alle Richtungen verstreut, die „Seele" sich nicht mehr verloren fühlen würde, wenn sie wieder einmal zueinandergehören würden, wäre sie, Lici, wieder vorhanden. So wie in einigen kurzen Zeitspannen auf dem Weg hierher; wenn sie sich zum Beispiel ihre Gedanken gemacht hatte und trotzdem immer die Regeln des Verkehrs einzuhalten fähig gewesen war. Sie erschrak nicht mehr bei der Vorstellung, daß in diesen Augenblicken des Wohlbefindens ein großer Teil ihres Selbst wieder eigenmächtig Arbeit geleistet hatte. Es war, als hätte das Zusammenspiel diesmal auf eine neue, andere Weise stattgefunden.
Sie parkte dort, wo sich die enge lehmige Gasse zwischen den alten Weinkellern in den Hügel hinaufzuwinden begann; unter hohen Bäumen, die, wie zu einem einstigen Park gehörig, alt und wiegend dastanden. Ein majestätischer Zufall, der, durch die sogleich angrenzenden buschähnlichen Wälder, die bergan wuchsen, verspottet wurde; sein kleines Eigenleben führte.
Lici fiel in den ihr eigenen langsamen Trab, den sie immer angenommen hatte, wenn eine längere Strecke zu durchwandern gewesen war. Angenehm, wie gut sich ihr Körper wieder in diesen Rhythmus einließ, der Atem sich so einpendelte, daß es fast unbeschwerlich war, die erste steilste Strecke zu überwinden. Sie hatte die kleinen Weinhäuser, die, weiß gekalkt, alles Grün hinter sich verborgen hielten, bald hinter sich. Der Hohlweg, von Büschen verschattet,

wurde immer ebener, das Licht drang scheu durch die hellen Blätter, schließlich rissen die Zweige auseinander, gaben warmen Strahlen Zutritt, und der Weg, die Höhe erklommen, ließ sich muldig und sachtbödig, kleine Wälder auf der einen, Weinfelder auf der anderen Seite, über den flachen Boden hingelegt, wohlwollend abtreten.
Während des Gehens fiel Lici so viel ein, woran sie in letzter Zeit nicht mehr zu denken, sie sich nicht zu erinnern getraut hatte.
Sie sah um sich, sah das Spiel der Äste im Wald, für Augenblicke den Anblick der Sonne freizugeben, ihn wieder streng zu verweigern und damit den Kopf dahin zu lenken, wo ihr Licht hinfiel: in die weiten endlosen Feldwellen, auf die zarten ersten Fühler der Weinreben.
Lici hatte ein Gefühl großer Liebe in sich, und, wie eine Befreiung, nicht zu einer Person, zu etwas Bestimmtem, sondern ganz „allgemein".
Das Wimmern, das sich nur noch tupfenweise gerührt hatte, dürfte, eingebettet und müde geworden, friedlich zum Schlafen gekommen sein. Lici war nicht an allen Ecken und Enden ihrer selbst, und doch schien man sich plötzlich wieder in ihr verbrüdert zu haben, es war eine erholsame Einheit zu fühlen. Das, was sie so auseinandergezogen und sie in seiner Unüberschaubarkeit zu zerreißen gedroht hatte, war winzig geworden; zu einem kleinen Klumpen, der sich auf einmal von Licis „Ich" umhüllen ließ, sich in diesen feinen Stoff einwob, verflocht, anscheinend vorhatte, sich mit ihr für kurz oder lang zu vertragen.
In der Ferne war ein Traktor zu sehen, die Bauern mußten sich um ihre Reben kümmern. Beim Näherkommen an dieses Feld sah Lici eine menschliche Figur, deren ausgebreitete Arme von zwei großen hellen, im Wind auf und ab wallenden Flächen bewegt wurden und die den Eindruck machte, Licis Nahen mit winkenden Schwingen abzuwarten. Lici blieb stehen, war von dieser Erscheinung berührt; wußte sie doch, daß es sich beim Näherkommen nicht als

das herausstellen würde, was es von dieser Entfernung grußähnlich zu sein schien.
Sie hob den Kopf und sah in diesen tiefblauen Nachmittagshimmel; in die feinen Schattierungen von Grün, die beim Herabblicken zärtlich aus den verstreut in den Feldern stehenden Obstbäumen nach oben zackten. Und in die Weite des Horizonts, der sich schmerzlos, in Vertrautheit zwischen Erde und Luft, hingelagert hatte.
Schnell schritt Lici auf dieses Wesen zu; sah es sich verwandeln, das breitbeinig dastehende Abbild einer robusten Bäuerin preisgeben und, bevor man noch erkannte, was sie in den Händen hielt, den mißtrauischen Gesichtsausdruck. Die Frau war sich wohl selbst noch nicht sicher, wer da auf sie zukam, steckte das, was sie ausgebreitet gehalten hatte, hinter dem Rücken zusammen, so daß es nur mehr seitlich hervorblinkte. Sie schaute kurz zum Traktor, der sich am anderen Ende des Feldes befand, und folgte schließlich, von der Neugierde besiegt, dem Drang, von den Reben weg, fort auf den Weg zu treten. Lici war schon so nahe, daß die Frau beiseite legte, was sie, vielleicht ein wenig zur Unterstützung, bis jetzt fest in Händen gehalten hatte, und abwartend ihre Arme in die Hüften stemmte. Da stand Lici bereits vor ihr, sah ihre roten Backen und mit einem Seitenblick die zwei großen leeren Düngersäcke, die vom Wind leicht aufgehoben in kurzen Schüben zwischen die Rebstöcke segelten, dort hängenblieben.
Man grüßte sich freundlich, die Bäuerin maß Lici von Kopf bis Fuß, hielt sich erstaunt das Kopftuch, ließ die Hand wieder fallen, trat beiseite und gab so den Weg frei. Gleich darauf rief sie nach: „Fürchten'S Ihnen gar net?“ Lici sah schon das Ende der einen Büsche-Gruppe, es war nicht mehr weit bis zu ihrem Ziel. Sie drehte sich während des Gehens um und rief laut und deutlich zurück: „O ja!“
Die arme Frau. Konnte sie ahnen, daß Lici damit etwas ganz anderes gemeint hatte? Mit dieser Frage vorhin war ihr sogar erst blitzschnell bewußt geworden, daß sie nie

mehr ohne Furcht würde leben können! Aber nicht vor einsamen Wegen und Wäldern. Und so schnell sie zu ihrer eigenen Überraschung diese Antwort gegeben hatte, umso langsamer kam ihr nun in den Sinn, was „Angst" (oder Furcht) eigentlich bedeutete. Es gab also eine solche und eine solche. Während man sich vor der einen schützen konnte, indem man sich keinen riskanten Situationen aussetzte, war man mit der anderen so verlassen und hilflos, daß man nur versuchen konnte, sie hinzunehmen und sich an sie zu gewöhnen. Und Lici hatte ein leicht sündiges Gefühl bei dieser Überlegung, so als denke sie an etwas, das ihr nicht zustehe, wenn man jene Angst zwar nicht besiegen, aber „aufheben", machtlos machen konnte, eines Tages, indem man wie bei einem bösartig wirkenden Ungeheuer, sie letztlich als ein Ding erkennen könnte, das, so schrecklich es sich auch gebärdet, ebenfalls seine Grenzen hat: dann wäre man vielleicht einen Grad an menschlicher Auffassungsmöglichkeit weitergekommen. Angst, dachte sie, wie man sie im Wald hat, war von jeher in ihr gewesen; diese Angst hatte sie dazu erzogen, sich meist so zu verhalten, daß man mit ihr zufrieden war. Und ihretwegen hatte sie andererseits immer von Mitmenschen Erfüllung der eigenen Erwartungen verlangt, die oft nicht gegeben werden konnte . . . Ihretwegen hatte sie in die anderen Eigenes hineininterpretiert, um sie nur ja begreifen zu können; wollte sie alles in den für sie verständlichen Bereich umgesetzt haben.

Bis vor kurzem war Lici nur im Spiegelbild der Umwelt mit sich zufrieden gewesen. Jetzt aber, da sie jede Stütze verloren hatte, alles anders geworden war, konnte sie sich selbst plötzlich leiden. Als hätte sie eine dicke Schicht Grind abgewaschen, die moosartig in den vielen Jahren über sie gewuchert war, und hätte nun endlich herausgefunden, daß sie eine echte menschliche Haut besaß.

Was tat sie? Sie lief! Sie kam zum Ende der bewachsenen Stelle, die ihr den Ausblick freigeben mußte, sie bog um die

Ecke, schloß kurz die Augen – der Wind fuhr ihr wild entgegen, strich das Haar nach hinten, sie liebte ihn und alles; öffnete die Augen: da lag das weite hügelige Land, endlos aus Feldern und kleinen Wäldergruppen zusammengefügt, da bogen sich Halme und Zweige ihr entgegen, sangen tiefe und helle Grüntöne zwischen bräunlichen Stimmen; flog ganz nah ein Fasan auf, der sie erschreckte – so sehr am Leben zu sein!

Sie setzte sich hin und legte den Kopf auf die übereinandergelegten Arme, nur zu „fühlen" war jetzt möglich. Es kam ihr vor, sie hätte das Wunder vollbracht, eine Verstümmelung wieder zu ergänzen. Etwas war ihr dazugewachsen und ergab erst die Abrundung, deren Fehlen ihr vorher nie aufgefallen war. Aber es war nicht an irgendeiner bestimmten Stelle geschehen, es war überall; es war ihr durch und durch etwas „Neues" hinzugefügt worden.

Sie, Lici, war woanders angelangt; und auch wenn sie nicht wußte, wo sie war, gefiel es ihr hier, sie wollte da bleiben. Nur ihr Name, der hatte zu ihrer Vorherigkeit gehört, er war ein dumpfer Laut geworden, so spitz er auch klang; war er nicht auch eine Verkleinerung gewesen, das Bedürfnis, sich vor der Ausweitung zu schützen, einen leicht überschaubaren Bereich zu behalten? Klang er nicht so vertraulich, daß man sich jederzeit damit zurück hinter die Rockfalten der Mutter verstecken konnte?

Wo sie jetzt stand, gab es kein beschützendes Nest mehr; sie selbst hatte über sich zu verantworten, in allem was sie betraf, sich selbst Rechenschaft abzulegen. Sie befand sich in einem unbekannten Land. Welche Gesetze hier galten, welche Speisen man hier aß, wie man schlief oder wachte – sie mußte es lernen.

Rasch stand sie auf, reckte die Arme hoch und rief es laut in die Gegend hinaus: „Mein Name ist Felicitas!"